後宮の幸せな転生皇后

香久乃このみ

JN031787

STARTS
スターツ出版株式会社

親から「結婚する普通の人生」を強いられるアラサー同人TL作家の高田朱音。ある日、口論の末に階段から転落、気付けば異世界の後宮でお飾りの皇后〝翠蘭〟に転生していた。

皇帝に相手にされない彼女を周囲は憐れむが、当人は「これで衣食住の心配なし！　結婚に悩まされることもない！」と、ケロッとしたもの。有り余る時間を趣味の小説執筆に費やせることに大はしゃぎ。

翠蘭の官能小説は、皇帝に愛されぬ妃たちの間で、たちまち大人気に!?

評判はやがて皇帝の耳へも届く。

それをきっかけに、なんと皇帝が翠蘭に興味を持ってしまい——!?

目次

後宮の幸せな転生皇后

第一話　アラサーオタク、結婚予定はありません

正月を翌々日に控えた年の瀬。私——高田朱音《たかだあかね》は、イベント会場で二次創作の同人小説本を売っていた。年に二回開催される超大型同人即売会『Comicuniverse《コミックユニバース》』、通称コミバス。私の人生は、この期間のためにあると言ってもよかった。

イベントの後はSNSで知り合った創作仲間と、居酒屋での打ち上げが待っていた。メンバーは全員乙女ゲーが好きで、その二次創作をしている人たちだ。

まだ学生らしい参加者のひとりが、私の書いた小説本を手に目を輝かせて駆け寄ってくる。

「朱《あけ》さん！」

ちなみに〝朱〟とは同人誌を書く時の私のペンネームだ。

「読みました！　今回の小説も最高にえっちでした！　特にこのページとか……」

「きゃあ、ありがとう！　そう！　そのシーンを書きたくてこの話作ったんだよ～」

キャッキャと盛り上がる私たちのそばへ、店員が注文を取りにやってくる。私は慌てて同人誌を両手で覆い隠した。

私が書いているのは、乙女ゲーのヒロインと攻略キャラの濃厚な愛の交歓を描いた、つまりはTL小説だ。表紙も内容に合わせて、かなり刺激的なものとなっている。そんなわけで、この本をイベント会場の外で晒《さら》すのは少々はばかられた。

状況を察した若き同人仲間は「あ」と小さく呟き、小説本を隠すように抱え持つと自分の席へ戻る。艶《なま》めかしい表紙がリュックの中に隠れたのを確認し、私は席の遠い参加者にも話しかけようと立ち上がった。

「と、わわっ」

その途端、私は軽い眩暈《めまい》を起こした。隣の席にいたオタ仲間がさっと支えてくれる。

「大丈夫ですか？　朱さん、酔っ払ってます？」

「あはは、ありがとう。いや、酔ってないけど。ここのところ徹夜続きだったせいかな、フラッときたみたい」

私が座り直すと、彼女は心配そうに顔を覗《のぞ》き込んできた。

「徹夜続き？　朱さんそんなにギリギリまで書いてたんですか？」

「それもだけど、毎日残業もしてたんだよね、このイベントのために。有休を取るには、どうしても片付けておきたい仕事があったから」

隣席の彼女は目を丸くする。

「残業して帰宅して、それから朝まで小説書いて、そのまま寝ずに出勤してたってことですか？」

「そうなるね」

私たちの会話を聞いていた参加者の間から、悲鳴のような声が上がる。

「残業ってことは」

先ほど私の本の感想をくれた子が、身を乗り出してくる。

「岸沢《きしざわ》課長みたいな人が一緒だったりします？」

彼女が口にしたのは、乙女ゲー界隈《かいわい》で〝上司にしたい二次元オジサマNo．1〟と言われているキャラクターの名だ。皆は手を叩《たた》いて笑う。

「実際にあんな上司いないからね～」

「いたらいいけどね～」

私はカシスオレンジを一口飲んで口を開く。

「それにいたとしても、現実の男は私には無理だから」

「えっ、でも岸沢課長ですよ？」

「ん～、三次元男子と二次元は違うんだよね」

私の言葉に、「わかる～」「私はアリだな」などの声が上がった。

「それより」

隣席のオタ友が、私の腕を軽く引く。

「そんな生活してたら体壊しますって。今日はちゃんと寝てくださいよ？」

「えー？　家に帰ったら〝お宝の山〟が私を待ってるし、寝られなーい」

「わかります！　気持ちはわかりますけど！」

へらへら笑う私へ、彼女は困ったように眉を下げた。

私たちはその後も楽しく歓談し、やがておひらきの時刻になると居酒屋前で解散した。

帰宅すれば、このイベントで入手した新たな同人誌《おたから》が私を待っている。昨日会場から発送した段ボール一箱分は、もう家に届いているはずだ。

それを思うだけで帰りの新幹線では目が爛々《らんらん》と冴え、頬も緩みっぱなしだった。

東京から新幹線で二時間、そこから畑に挟まれた細い道をバスで三十分。私が両親と共に住む家に帰りついたのは、夜の十時過ぎだった。

「ただいまぁ」

玄関には見慣れぬ男物のスニーカーに小さな靴、そしておしゃれなパンプスが行儀よく並んでいた。結婚して家を出た弟が、家族を連れて帰省したのだ。年末年始を実家で過ごすために。奥からはおせち料理を作っているらしい、出汁《だし》のいい匂いが漂ってくる。

「……お帰り、朱音」

エプロン姿で出てきた母に、私は東京土産を手渡す。

「これ、お菓子。蒼真《そうま》たち来てんでしょ？　みんなで食べよう」

ものいいたげな母を後に残し、自室への階段をうきうきと駆け上る。

(年末年始は部屋にこもって同人誌三昧《ざんまい》、ひゃっふぅー！)

けれど扉を開いた私を待っていたのは、信じがたい光景だった。

「……へ」

室内はひどく閑散としていた。

同人誌を隠してあった場所は全て開かれ、空っぽになっている。全開にされたクローゼットの中には、あるはずの段ボール箱の山がなかった。壁のポスターや机のアクリルスタンド、ベッドの上のぬいぐるみ。何もかもが消えていた。

「捨てたわよ、全部」

背後から聞こえてきた声にギクリとする。振り返れば、目の前に母の姿があった。

その声はぞっとするほど冷たい。

「……え？　家に送った本、も？　あの、段ボールの……」

「当たり前でしょうっ！」

突如母がキレた。

「いい加減にしなさいよ、いい歳していつまでも独身のまま好き放題！　あんたの同級生は、みんなちゃんとお嫁入りしたわよ？　お母さん恥ずかしくって、ご近所に顔向けてできないわ！」

その剣幕に息を呑む。頭から、冷水をぶっかけられた思いがした。

「蒼真だって、ちゃんと結婚して家を出て子どもがいるのに！　お嫁さんの百花《ももか》さんなんて、一緒におせち作ってくれているのよ！　それなのにあんたは、いつまでも漫画漫画で手伝いもせず、フラフラ出かけて！」

「ご、ごめ……。でも……」

「お正月明けたらこの家を出てってもらうからね、朱音！　独り立ちしなさい！」

（えっ？）

怒り狂った母からの、突然の追い出し宣告に私は慌てる。

「でも、家借りるお金、ない……」

「貯金はどうしたの？　会社のお給料、全部漫画につぎ込んだなんて言わないわよね？」

「全部じゃない。家にも、言われた分のお金は入れてたし……」

おずおずと反論した私に、母は一瞬黙り込む。けれどすぐに眦《まなじり》を吊《つ》り上げ、まくしたてた。

「それでも貯金するくらいの余裕はあったでしょう！　あの部屋中埋め尽くしてた、わけのわからないものを買いさえしなければ！」

（わけのわからないもの……）

それは私の大切な同人誌やポスターやぬいぐるみのことを言っているのだろうか。

「もうっ、いやっ！」

母は両手で顔を覆うと、さめざめと泣きだしてしまった。

「あんた、私たちが死んだらどうするつもり？　結婚も出産もしないままじゃ、いずれ待ってるのは孤独死よ？　どうやって生きていくの？　まさか蒼真たちがここに住むようになっても、居座るつもりじゃないでしょうね？」

「………………」

母がトーンを落とすに従い、私の中に怒りがふつふつと湧き上がってきた。

「捨てることないじゃない……」

「何？」

ほんの数時間前まで私を満たしていた多幸感は、今や完全に消え去ってしまっていた。

「だからって、捨てることないでしょ!?　ひどい！」

「朱音、あんたまだそんなことを！」

声を発したのをきっかけに、私の目から涙がぼろぼろとこぼれ落ちた。

「朱音、漫画はもう卒業して真面目に結婚のこと考えなさい！」

（真面目に結婚、って何？）

選択肢の広がったこの時代、生涯独身であることを選ぶ人間だっている。けれど、未だ古い考えの根強いこの地域では、それを許さない空気があった。私のように二十五過ぎても浮いた話ひとつなく、趣味に没頭している女は異質なのだ。

「結婚なんてしたくないよ！　なんで責められなきゃいけないの？　押し付けないでよ！」

「お母さんは、あんたのために言ってるのよ？」

「どこが！　人の宝物根こそぎ捨てるなんて、心の殺人じゃない！」

確かに実家に甘えて貯金をしてこなかった私にも非はある。だけどこんな一時《いちどき》に、何もかも奪わなくてもいいはずだ。

私は母を押しのけ、部屋を出る。

「わかった、この家に私の居場所はないんだ。もういい、消えてやる！」

イベント帰りで身の回り品はまとまっている。鞄《かばん》を掴《つか》み、階段を下りようとした時だった。

普段出さない大声を出したのがいけなかったのか。

本を連日徹夜で作り、イベント中は興奮でまともに寝てなかったせいだろうか。

大切なものを丸ごと捨てられたショックのためだろうか。

目の前がちかちかと点滅し白く染まったかと思うと、ぐらりと体が揺れた。

「朱音！」

（あ……）

足の下の感覚が消え、私の体は空中に投げ出される。そして次の瞬間、したたかに床に打ち付けられた。幾度も、幾度も、幾度も。

（あ、が……）

「朱音！」

全身を襲う激痛、そして私の名を呼ぶ声。

それらは急速に遠のいてゆく。

悲鳴に似た誰かの声を聞いたのを最後に、私は意識を手放した。

第二話　お飾りの皇后

(う……、頭、痛い……)

ズキズキとした全身の痛みに、私の意識は呼び覚まされた。

(何、これ……。体、痛い……。腕、動かせない……)

知らず呻《うめ》き声が漏れる。すぐそばで誰かの身じろぎする気配があった。

(あ、そっか。私、階段から落ちて……)

記憶が蘇《よみがえ》るにつれて、私はゆっくりと瞼《まぶた》を開いた。

(……は?)

目に飛び込んできたのは、やたらとまばゆい朱と金と黒で彩られた空間だった。

さっきまでいた自分の部屋でも、病室でもない。

(中華のお店?　なんで?)

反射的に身を起こす。その途端、激痛が全身を貫いた。

「ぐぅっ!」

「翠蘭《スイラン》様!」

駆け寄ってきたのは見知らぬ女性だった。

「皆!　皇后陛下がお目覚めになられた!」

落ち着きのあるよく通る声。それに呼び寄せられるように、パタパタといくつもの足音が集まってくる。

「翠蘭様が、お目覚めに!?」

「ああ、よかった！　翠蘭様！」

(すいらん？)

集まってきた少女たちは涙を流し、「よかったよかった」を繰り返している。彼女らの服装や髪型は、中国の歴史ドラマで見るものとよく似ていた。

(さっきなんて呼ばれた？　皇后？)

右の頬骨のあたりが熱を持っている。階段から落ちた際にぶつけて腫《は》れてしまったのかもしれない。

「すみません、鏡を……」

怪我の状態を知りたくてお願いしてみる。すると目の前の女性はひとつ頷いた。

「えぇ、翠蘭様。誰か、鏡を！」

「こちらをどうぞ」

渡されたのは、博物館で見るような仰々《ぎょうぎょう》しい装飾の手鏡だった。覗き込み、私は息を呑む。

(誰!?)

そこに映っていたのは、オタクでアラサーの高田朱音ではなかった。

天女のように美しい、なよやかな若い女。額に降りかかる碧《あお》みがかった黒髪、その間から蜂蜜《はちみつ》色の虹彩がこちらを見返している。あちこちに包帯が巻かれ、膏薬《こうやく》を貼られ、痛々しい姿ではあるけれど。

そしてその服装は、周りの少女たちのものと似ていた。

「翠蘭様、まだ無理をなさってはなりません。あなたたち、皇后様にお湯を！」

リーダー格らしき女性に促され、私はゆっくりと横たわる。

（〝皇后〟だよね？　間違いなく、皇后って呼ばれてるよね、私。何これ、どういう状況？　あちこち包帯ぐるぐるだし、わけがわからない！）

そうしている間にも、湯が運ばれ、香が焚《た》かれ、医師らしき人が呼ばれる。

「奇跡でございますな」

私の脈を取り、老人がにこにこと笑う。

「一時は息が止まっておられましたのに」

（は？）

……今、なんて？

息、止まってた？

この中華風の世界で、皇后と呼ばれ始めてから数日が経過した。

満身創痍《まんしんそうい》で身動きの取れない私は、架子床《ベッド》に横たわったまま、日がな一日侍女たちからお世話をされていた。

（これって〝異世界転生〟なのかな？）

高田朱音であった頃、山ほど摂取したコンテンツを思い出す。残念ながら私の前には、親切に解説してくれる神様もマスコットキャラも現れなかったが。

代わりに私は、侍女たちからこの世界に関する情報を聞き出した。怪我で記憶が混乱していることにして。

この国の名は〝興《シイン》〟。

私は北方の名家である高《ガオ》家のひとり娘・翠蘭で、現皇帝・梁勝峰《リャンションフォン》の正室。

そして今、私が寝起きしているのは、後宮の中央にある〝豊栄宮《ほうえいきゅう》〟という建物だ。

前々王朝の王族の子孫にあたる翠蘭――つまり私のことだが――は、皇后の座に据えられたものの、控えめで気弱な性格が皇帝の好みではなかったらしい。その上、たまに皇帝の訪れがあっても、体調を崩し断ってばかり。勝峰は積極的で艶《あで》やかな貴妃・胡香麗《フシャンリー》に心を寄せ、今では翠蘭のもとを訪れることなどほぼ皆無。典型的な〝お飾りの皇后〟というわけだ。

しかし勝峰に愛されたいといじらしくも願った翠蘭は、先日、夫婦和合を司《つかさど》る廟《びょう》へ数人の供を連れてお参りに出かけたそうだ。

「そこで、私は足を滑らせて？」

「はい」

目覚めた時からそばにいた女性は、翠蘭付きの侍女頭で名を崔仙月《ツイシエンユエ》といった。彼女は目頭を袖で押さえる。

「夫婦和合の廟があるのは川の上流。険しい岩場を乗り越えた先にある、大変足場の悪い場所でございました。輿《こし》での移動はまず不可能。翠蘭様はお召し物が汚れるも構わず登っていかれたのですが、ぬるついた苔《こけ》に足を取られてしまわれて。私どもが手を伸ばすも間に合わずそのまま落下され、大怪我をなさいました。そして、これまで昏々《こんこん》と眠り続けておられたのです」

（マジか）

それって、ものすっごく大変な事態じゃない？　一国の皇后が、少ないお供だけ連れて危険な場所へお参りに行った挙句、大怪我したって。普通に考えて、国を挙げて大騒ぎする事態だよね？　『責任者がー』とか、『警備体制がー』とか、『安全対策がー』とか。しかも、医者っぽい人は言っていたよね、『一度息が止まっていた』って。

ファーストレディ、死にかけたんですが……。

にもかかわらず、目覚めて以降、見舞い客はほぼ皆無。

仙月を筆頭とした侍女たちは別として、ここでの私の扱いはかなりぞんざいなようだ。夫である皇帝も、一度として顔を見せない。

（まぁ、夫といっても今の私にとっては知らない男性だから、来られても困るけど）

お飾りとは聞いていたが、ここまでとは。

あれ？　私、〝皇后〟で合ってる？　もしかして〝こうごう〟って別の意味？

そんなことを考えていた時だった。

「入るぞ」

後宮には珍しい、男の低い声が聞こえてきた。

侍女たちは顔を引きしめ、入り口に向かってひざまずき頭を下げる。

（何？）

架子床の上で身動きの取れない私は、その場で声の主の登場を待った。

やがて現れたのは、ひとりの美女を伴った堂々たる風格の美丈夫だった。金糸銀糸の縫い取りを施した漆黒《しっこく》の衣。深紅の帯はその引きしまった腰と厚い胸を引き立てている。ハーフアップにされた鴉《からす》の濡れ羽色の髪は後頭部で結い上げられ、残りは背に艶やかに流れていた。

整った顔立ちはまさに眉目秀麗。目の縁は紅でも差しているかのように、うっすらと染まっている。長い睫毛の下にあるのは、印象的な菫《すみれ》色の虹彩。

（何、この超ド級のイケメン……！）

口を開けて見とれる私へ、彼は眉をひそめた。

「お前が目を覚ましたと聞いてな。見舞いに来てやったぞ」

「……？」

「どうした。夫の顔を忘れたか」

（夫ぉ!?）

つまり、この美丈夫こそ皇帝・梁勝峰その人ということか。

（若！　オッサン想像してた！）

まさかこんな、神作画の俺様系イケメンだったとは。

「畏《おそ》れながら」

仙月が膝をついた姿勢のまま、恭《うやうや》しく進み出る。

「皇后様は先日負われたお怪我のため、未だ記憶が混乱しておいでです」

「記憶？　……まさか、伴侶《はんりょ》の俺を覚えておらんのか」

麗しい双眸へ微かに憂いが差した時だった。彼の腕へ、桜色の指先がそっと絡んだ。

「陛下」

声を発したのは、ここへ来た時から皇帝に寄り添っていた、赤みがかった髪を持つ美女。緋色の眼で甘えるように見上げ、桜桃《さくらんぼ》を思わせる艶やかな唇をそっと開く。

「やはり、焦ってここに足を運ぶべきではございませんでしたわ。翠蘭様は思った以上に重篤でいらっしゃいます」

美女は皇帝の腕を、自身の胸元へ引き寄せる。

「哀しいことでございますが、今の翠蘭様にとって陛下は見知らぬ他人。あまり長居してはお疲れになってしまいます。怪我人に無理をさせてはいけませんわ」

「……そうだな」

美女の言葉に皇帝はひとつため息をつく。

「行くぞ、香麗」

きびすを返した皇帝の後を、美女──香麗は滑るような足取りで追ったものの、つとその歩みを止めこちらを振り返った。そして、その顔《かんばせ》に大輪の花の咲く様を思わせる極上の笑みを浮かべ、私のもとへと駆け寄ってくる。桜色の指先が、私の手を優しく掬《すく》った。

「翠蘭様、ご存命で何よりでした。お怪我をされたと伺い、私、胸のつぶれる思いがいたしましたのよ」

さらに彼女は私の耳元へ口を寄せ、内緒話をするように愛らしい声で囁《ささや》く。

「ところで、お参りはいかがでした？　あ、ごめんなさい、記憶がございませんのよね。あの廟の夫婦和合の効果、私も気になっておりますの。次はご一緒させてくださいましね」

「香麗」

皇帝の声に、香麗は振り返る。

「長居してはならぬと言ったのはお前だ」

「えぇ、そうでしたわね」

香麗は立ち上がり、皇帝の隣へ小走りで戻る。そしてそこが当然自分の居場所であるかのように、皇帝へ寄り添った。

「行くぞ、香麗」

「はい、陛下」

まるで互いの姿しか見えていないような甘ったるい雰囲気。仲睦《なかむつ》まじい様子でふたりは部屋から出ていってしまった。

「なんて女でしょう！」

皇帝と寵姫が完全に姿を消すと、仙月は怒りをあらわにした。

「陛下は翠蘭様を見舞いにいらしたのですよ！　それをあんな風にべたべたと、なんて無神経な！　ここは遠慮するのが筋でしょうに！」

「本当に、そうですわ！」

仙月に続いて、侍女たちも不満の声を上げる。

「見舞いならおひとりでいらっしゃればいいのよ！」

「陛下のおっしゃりようも、あまりにも無慈悲。翠蘭様がお気の毒すぎます！」

けれど憤る彼女らとは裏腹に、私の心に怒りや落胆は全くなかった。

（あの皇帝、本当に私……ていうか、翠蘭に興味ないんだなぁ。……ん？　待って？）

高田朱音だった頃、幾度も母親からぶつけられた言葉を思い出す。

――結婚、どうするつもり？　いい相手はいないの？

（もう結婚しちゃってるよね。しかも国のトップ）

――子どもはいつ産むの？

（皇帝に興味持たれてないから無理だな。私の責任じゃない）

――私たちが死んだら、どうやって生きていくの？

（皇后だし、よほどのことがない限り衣食住に困ることはなさそう）

てことは？

胸にじわじわと湧き上がってきたのは、――解放感。

（問題全部解決じゃない？　興味のない三次元の男とアレコレしなくても、安心して生きていける環境がここにある！）

「勝った！」

思わず声を上げ、両拳を天井に突き上げる。その瞬間全身に激痛が走り、私は呻いた。

「翠蘭様、ご無事ですか？」

「だ、だいじょうぶ……」

「あの、『勝った』とは？」

「あ、はは、なんでもない」

私は寝床に身を沈め、布団を口元まで引き上げる。

皇帝に顧みられないお飾りの皇后？　それこそ願ったり叶ったりだ！　むしろ興味持たれなくてラッキー！

（残りの人生、安定した環境で好き放題に時間を使える、消化試合みたいなものじゃない！）

布団の下、私はにんまりと口元を緩めた。


夜が訪れた。

侍女たちが退出した後の月光差し込む青白い室内で、私は架子床に身を横たえ、ひとり考えていた。昼間に眠っていることが多かったため、今夜は妙に目が冴《さ》えてしまっていた。

（これって、やっぱり異世界転生だよね）

高田朱音の時のものとは違う、ほっそりとたおやかな自分の手を眺める。

（〝興〟なんて国、私がもといた世界にはなかった……）

昔、高校で習った世界史の知識を、記憶の底から引っ張り出す。

「殷周秦漢三国晋《いんしゅうしんかんさんごくしん》～♪　南北朝隋唐五代《なんぼくちょうずいとうごだい》～♪」

童謡のリズムで中国の歴代王朝を辿ってみるが、やはり〝興〟という国はない。歴史のどこかで枝分かれした、パラレルワールドか何かだろうか。考えたが当然ながら答えは出ない。だが今の状況を私は比較的抵抗なく受け入れていた。オタクの柔軟性かもしれない。

（でも転生したわりには、翠蘭としての記憶が全くないんだよね）

瀕死の重傷を負ったせいだろうか。翠蘭として生きてきたこれまでの記憶が、すっぽりと抜けている。代わりに前世であろう高田朱音の意識が、色濃く前面に出ていた。

（ま、いっか……）

ふいに襲い来る睡魔に、私は大人しく身を任せる。

（右も左もわからない状況だけど、なんといっても〝皇后様〟！　私にあるのは、侍女に囲まれて三食昼寝付きの気楽な生活。転生ガチャ、完全に当たり引いたよね）

■□■

主である翠蘭が寝台で目を閉じたのを確認し自室に戻った侍女頭仙月は、一日の業務を終え眠りに就こうとしていた。だが、行燈《あんどん》の明かりを消そうとした彼女のもとへ、ふたりの侍女が息せきって駆け込んできた。

「仙月様！」

「これをご覧になってください！」

靴を抱えて慌てふためいている若い侍女たちに、仙月は眉をひそめる。

「なんです、若汐《ルオシー》、紅花《ホンファ》。皇后陛下の御靴がどうしたのですか」

若汐は手にしていたものをひっくり返し、仙月に靴底を見せた。

「こちらは翠蘭様が廟へお出かけになられた際、履かれていたものです」

「廟に出かけられた際の……」

仙月ははっと目を見開く。

「靴の裏に貼っておいた、滑り止めの革がない……！」

「はい。もしや翠蘭様が岩場で足を滑らせたのは、これが原因ではないでしょうか」

表情を引きしめる若汐の隣で、紅花はおろおろと眉を下げる。

「翠蘭様にご報告を……」

「なりません、紅花」

「ですが、仙月様」

仙月は若汐から靴を受け取り、ふたりを見た。

「まだ、故意に剥《は》がされたとは限りません。足を滑らせた際にはずみで取れた可能性もあります。それに翠蘭様は今、心身共にひどく弱っておいでです。その翠蘭様に、暗殺を企てられたなどと伝えてはなりません」

「暗殺……！」

悲鳴に似た声を上げた若汐へ、仙月はシッと指を立てる。

「よいですね、若汐、紅花。今の翠蘭様に必要なのは、愁《うれ》いなく心穏やかに過ごせる時間です。このことは、私たちの胸に留めておきましょう。ただ、警備は厳重にして、〝あの者〟を呼び戻すことにいたしましょう」

仙月の頭の中には、油断ならぬ微笑みを湛《たた》えたひとりの妖《あや》しい宦官の姿が浮かんでいた。

「あなたたちも、翠蘭様の周囲には常に目を光らせておきなさい」

不安げに黙り込む年若い侍女たちの肩に、仙月はそっと触れる。

「よく気付きましたね、若汐、紅花。ですが、皇后様の前でその顔をしてはなりませんよ。皇后様を不安にさせてしまいます。これまで通りに振る舞えますね？」

侍女頭の厳しくも温かな声に、ふたりはコクリと頷いた。

■□■

傷はなかなか癒《い》えなかった。架子床の上で身を起こし、自らの手で食事ができるようにはなったものの、依然歩き回るには至らない。

翠蘭としての記憶が戻る様子のない私のため、仙月はひとりの宦官を連れてきた。

「顔色はかなりよくなられましたねぇ。安心いたしましたよ」

宦官は周子墨《チョウズームォ》と名乗った。私が眠っている間にも、時々様子を見に来ていたらしい。翠蘭が嫁いで以来皇后付きの宦官だったが、さらにその前は皇帝直属のひとりであったと聞かされた。私が眠り続けていた間は古巣である皇帝のもとへ戻され、その仕事を手伝っていたそうだ。

「どうかされました?」

首をかしげて、やんわりと目を細める。その仕草がなんとも婀娜《あだ》っぽい。

(色気がすごいな! 男だよね? いや、宦官だから、後宮《ここ》では男じゃないってことになるのかな?)

薄桃色で透明感のある肌。光の加減で紫紺に見える髪は、後頭部で高く結い上げられていた。あらわになったうなじには、えも言われぬ色気が漂っている。その中で青灰色の眼だけが、冷めた印象を与えていた。

また子墨の声はとても特徴的だった。男の高めのトーンにも、女の低めのトーンにも聞こえる。オタク的に言えば〝両声類〟というやつだ。それが彼のミステリアスな魅力を一層引き立てていた。

「記憶が戻らないというのは、本当なんですね。それじゃあ……」

ふいに、妖艶《ようえん》な顔が距離を詰めてきた。

「ボクと交わした、イケナイことも忘れちゃいましたぁ？」

（ひっ!?）

睫毛が数えられるほど間近に迫った子墨から、私は慌てて距離を置く。壁に貼りつくように避けた私を見て、子墨はきょとんとした。

「えっ、そこまで驚かれなくても。冗談ですよ？」

「……冗談？」

「当たり前じゃないですかぁ。皇帝陛下の奥方によからぬ真似をしたら、ボク、これになっちゃいますよぉ」

言って子墨は片手で自分の首を掻《か》っ切る仕草をする。次の瞬間、誰かが子墨の後頭部を勢いよく叩いた。

「あぃだっ！」

「子墨、お前という者は！」

身をかがめた子墨の向こうに見えたのは、眉をつり上げた仙月の姿だった。子墨は彼女を振り返り、軽く握った両の手を口元に添え、あざとく小首をかしげてみせる。

「仙月様、叩かなくったって。ボク、翠蘭様を笑わせようとしただけですよ？」

「何が『笑わせようと』ですか！　皇后様に対して無礼でございましょう？」

「でも翠蘭様ご本人から、こうしてほしいって言われたんだけどなぁ」

口をとがらせる子墨に、仙月はため息をひとつつく。

「かつての翠蘭様が何をおっしゃったかはともかく、今の翠蘭様にそれはなりません。御覧なさい、すっかり怯《おび》えておられるではないですか！」

子墨は叩かれた部分を撫《な》でながら、壁に貼りついた状態の私を見る。

「あー、そっか。記憶……」

小さく呟《つぶや》くとすぐさま姿勢を正し、表情を引きしめ胸の前で手を組み、頭を下げた。

「皇后陛下、大変失礼いたしました」

「あ、いえ、うん……」

真面目な顔つきになると、彼の顔立ちの整い具合がよくわかる。双眸は、魂に直接触れてきそうな光を湛えている。そこにはどこか人間離れしたものがあった。

「翠蘭様、子墨は軽佻浮薄《けいちょうふはく》な印象ではありますが、実力は確かでございます。何しろかつては、幼くして興の建国に尽力した立役者のひとりで……」

「あはははっ！　軽佻浮薄って、ひどいよねぇ」

言葉を遮るように高らかに笑った子墨に、仙月は一瞬はっと息を呑む。しかし咳《せき》ばらいをひとつすると、いつも通りの顔つきに戻った。

「そう言われたくなければ、真面目になさい！」

すぐさま表情を崩した子墨を、仙月はぴしゃりと叱りつける。だが私は、かつての翠蘭が彼にラフな振る舞いを求めた理由を、先ほどのやり取りで理解した。

「いいよ、仙月。子墨はそのままで」

「よろしいのですか、翠蘭様」

「うん」

子墨の、男とも女とも、そして人とも妖《あやかし》ともつかない顔つきは、整いすぎていて怖くなるのだ。恐らく子墨自身も、それを理解しているのだろう。

「さて、翠蘭様。お勉強を始めるといたしましょう」

仙月たちが部屋から出ていくと、子墨はポンと手を叩いた。

「べ、勉強⁉」

「はい。翠蘭様は皇后陛下であらせられますので、その立場に必要な知識が失われたままでは大変まずいのでございます」

それはそう。でも、勉強かぁ。体調悪いのに、嫌だなぁ……。

「まずは現時点で翠蘭様が把握されていることを、確認させていただきますね」

私はこの国が〝興〟であること、自身は北方出身で皇帝の正室であることを答える。

「それから、皇后に選ばれたのは前々王朝の王家の血を引くからだと」

「お、それをご存じでしたか」

「でも、前々王朝ってどういうこと？　前王朝じゃなくて？」

「あぁ。では今日はそれについてご説明いたしますね」

子墨は用意してきた書を手に取ると頁《ページ》を開き、こちらへ手渡す。

「まず、前々王朝の名前ですが〝慶《チン》〟と言います。現在の国家体制をほぼ確立させた、とても栄えた国だったんですよ。後宮が今の形になったのも、慶の時代ですね」

本当に歴史の授業が始まってしまった。

「ところが最後の代で、皇帝と皇后がヤンチャしましてねぇ」

「ヤンチャ？」

「えぇ。皇帝も皇后も揃《そろ》って色恋沙汰にふけってしまったんですよ。国政ほっぽりだして」

ええ!?　皇帝が後宮の寵姫に夢中になるのはよく聞くけど、皇后まで？　ていうか、説明軽いな。

「その上、それぞれが寵愛した相手の親族をばんばん高い地位に就けさせましてね。国政のこと何もわからない人たちに、重要な権限を与えちゃったわけです」

「え……。それで国はやっていけたの？」

「いけるわけないじゃないですかぁ。だから〝最後の代〟なんですよ」

子墨は肩をすくめ、首を横に振る。

「そのうち、『王族は根絶やしにすべし！』と主張する派閥が現れまして、反乱軍となりました」

ですよね。

「一方で、長く続いた王家に愛着のある者も多く、これが反乱軍と激突！」

うわぁ。

「やがて反乱軍の中に、『悪いのは最後の皇帝と皇后だけで、王族全部潰す必要なくね？』という一派が誕生しましてね」

穏健派ってやつ？　それにしても子墨の講義は、動画サイトの〝歴史解説〟みたいなノリだ。

「一枚岩でなくなった反乱軍が揉《も》めている隙に、王家と支持派は首都を放棄して北方へ脱出。そして反乱軍は空になった王城になだれ込み、占拠！というわけです」

乗っ取られちゃった。

「しかし少ししてから、慶王朝の王族根絶に反対だった一派が『あんたらとはやっとれんわ！』と、反乱軍から離脱しちゃいましてね」

方向性の違いで解散？

「その結果できたのが三つの国。ここで三国時代が始まるわけですよ」

「三国時代！」

それは私の知る歴史の中でもわりと有名な時代だ。

「三国時代って、魏《ぎ》・呉《ご》・蜀《しょく》？」

「ん～、ギゴショクじゃないですねぇ」

（やっぱり私の知る世界とは違った）

子墨は指を一本ずつ立てながら説明を続ける。

「国のひとつは、北方に逃げのびた王族とその支持者からなる〝康《カアン》〟。ふたつ目は、王城を乗っ取った反乱軍の〝即《ツァ》〟。そして反乱軍から離脱した一派で構成された、東方の〝毅《イー》〟」

ふむふむ、ここの三国時代は、康・即・毅ね。

「こうして、三つに分裂した我が国ですが、毅の王・梁暁東《リャンシャオドン》様が、このままでは外患、つまり外の敵からの攻撃にどの国も耐えきれないと考えまして。やはり三つの国で力を合わせるべきと判断し、康に『俺たち、もう一度やり直さないか？』と口説きに行きました」

別れたカップルか。

「さて問題です。康とはどういった国だったでしょうか？」

「えっ？　えぇと、慶の王族とそれを支持する一派……？」

「さすがでございます、翠蘭様」

子墨が目を細め、ぱちぱちと手を叩く。私はほっと胸を撫でおろした。

「武力面で不安を抱えていた康は、あっさりと毅の合併案を受け入れました。ちなみに暁東様は帝位に就き、国名を〝興〟と改めたのです。あっ、ちなみに暁東様は現皇帝陛下のお父上でございます」

勝峰と苗字が同じだと思ったら、まさかの父親！　興って、そんな最近できたばかりの国だったんだ。

「暁東様は自らが皇帝となられる際、康の代表者とひとつの約束を交わされました。それが、皇后は必ず慶の王族の流れをくむ者から選ぶ、というものです。理由としては、康が血を流すことなく合併に応じたこと、そして国内には今なお慶に愛着のある民が多いことが挙げられます」

「その歴史的な決めごとに則って皇后に選ばれたのが、私ってことね」

「その通りでございます」

なるほど、翠蘭は完全に血筋で選ばれた皇后というわけだ。皇帝の好みや気持ちには全く関係なく。それじゃ、皇帝のあの態度も致し方なしか。

「そう言えば反乱軍を基盤とした国、えぇと……」

「即ですか」

「うん、それ。即はどうなったの？　三つの国が力を合わせなきゃ、って考えたんだよね？」

「興が吸収しましたよ」

「吸収？」

「即は最後まで『お前らとは手を組まん』と抵抗しましたが、暁東様が武力でもってわからせました」

強引に行った！

「外患に対抗する力を手に入れるため、協力関係になるのが目的なのに、それでいいの？」

「あはは～、本当ですよねぇ」

子墨はへらへらと笑っていたが、ふと顔を引きしめる。

「実際のところ、戦も終盤になる頃にはすぐに和睦をした方がいいと考える者が、即の中にも出てきたのです。特に神童と名高かったひとりの幼い王太子は、はっきりと父親である王に進言しました。けれどそれが父王の激しい怒りを買い、惨《むご》いことに宮刑に処されてしまったのです」

「宮刑って、その……切られちゃった？」

「はい」

子墨は愁いを帯びた微笑みを浮かべていた。どこか遠くを見るような眼差しで。

「幼い王太子に、そんな。ひどい……」

子墨は一度睫毛を静かに伏せる。そしてぱっと明るく笑うと言葉を続けた。

「その後、件の王太子を中心に和睦派が結成されましてね。彼らは密かに即を脱出し、暁東様に協力を申し出たのですよ。即の陣の弱点はここですよ～、なぁんて教えたりね。情報戦で有利に立った輿は、ついに即を呑み込んじゃいました。わー、めでたしめでたし、ぱちぱちぱちぱち！」

子墨は明るい表情で手を叩いているが、私はどうしてもひとつのことが気にかかっていた。

「宮刑になった即の幼い王太子は、今どこに？」

「さぁ、どこにいるんでしょうねぇ」

子墨は目を細め、首をかしげる。

「子どもながらあっぱれと暁東様に気に入られたらしいですし、どこかで重要な役割を与えられているんじゃないですかねぇ」

（あ、まさか……）

先ほど仙月が子墨のことを『幼くして輿の建国に尽力した立役者のひとり』と言っていたのを思い出す。

（もしかしてこの王太子って子墨のことじゃ……）

質問しようとして口を開きかけ、思いとどまる。先ほど彼が仙月の説明を遮ったのを思い出したのだ。触れられたくないのかもしれない。

「その王太子様、幸せになっているといいな」

「……翠蘭様はお優しい」

子墨はぱたんと書を閉じて立ち上がる。そして私の目をまっすぐに見て微笑んだ。

「きっといい主に巡り合えて、楽しくやってますよ」

子墨の講義から、三日ほど経過した。その日をきっかけに、私の中には知的活動に対する意欲が蘇ってきた。

「紅花、そこの書架《ほんだな》から、いくつか持ってきてくれる？」

「かしこまりました」

辺りを見回せるようになってから、ずっと気になっていたのだ。この部屋の書架に並ぶ書の数々を。

「どうぞ」

紅花が持ってきた書には、どれも読み込んだ痕跡がある。かつての翠蘭の愛読書だろう。

（うん、文字は普通に読める）

今の私に、翠蘭としての記憶はない。けれど、翠蘭の経験はしっかりとこの体に残っているようだった。文字だけではなく、この世界の一般常識や習慣に関してもある程度は。

（へぇ……）

最初に手に取った書の内容は、神仙ファンタジーといったところだろうか。

炎や水など自然界の力を司る仙人のいる洞窟に迷い込んだ少女が、彼らに愛されつつ人間界を豊かにしてゆく物語だ。ヒロインが数多《あまた》のイケメンに愛される逆ハーレムもので、隙あらば甘い雰囲気が展開されている。

（面白いな、これ。乙女ゲーになってたら、私はこの大地の仙人から攻略したいかも）

次に読んだのは、異類恋愛譚らしきものだった。花園で見つけた手のひらサイズの少年が、ヒロインに世話をされているうちに人間サイズの美青年となり、ヒロインを溺愛する内容だ。少年の正体は精霊界の皇太子なので、スパダリ溺愛ものと言えるかもしれない。徹頭徹尾ヒロインを甘やかし、愛を注ぎ続ける物語だ。

（この世界にもラノベみたいなのがあるんだなぁ）

「翠蘭様」

仙月の声に、私は現実に引き戻される。

「夕餉《ゆうげ》をお持ちいたしました」

「えっ？」

窓辺に目をやればすでに陽は沈んでいた。私の手元を照らしていたのは、いつの間にか用意された燭台《しょくだい》の灯りだ。

「ずいぶんと夢中になっておられた御様子で」

仙月と侍女たちは、微笑みながら夕飯をセッティングしてくれる。私は書を枕元へ置くと、散蓮華《スプーン》を手に取った。

（美味しい……）

滋味と旨味に溢れた薬膳湯《スープ》が、口腔を潤す。煮込まれた肉や野菜は舌の上で優しく溶け、体の隅々まで染みわたった。


それからしばらくの間、私は翠蘭の蔵書を読破するのを目標とした。

朝、仙月たちによって身なりを整えられ、食事を終えれば読書タイムの始まりだ。

（うん、今日はこれにしよう）

翠蘭の書架に並んでいるのは、ロマンティックな恋愛物語がほとんどだった。

皇帝に顧みられぬ翠蘭は、せめて読書の世界で甘い夢を見たいと考えたのだろうか。

ありがたいことに、それらは乙女ゲー好きの私とも相性がよかった。

（はー、天国）

私は連日読みふけりながら幸せを噛《か》みしめる。

ここへ来た初めの頃こそ戸惑ったものの、今の私は会社に行かなくていい。パワハラ上司や、マウンティング女子もこの部屋には来ない。家事をしなくても文句を言われない。結婚をせっつかれない。寝ているだけで美味しい食事が運ばれてくる。髪は毎日梳《と》かれ、体も綺麗《きれい》にしてもらえる。皇帝もあの日以来全く姿を見せないので、私は心ゆくまで自由を満喫した。

（やば、太りそう）

時おり子墨の講義を挟みながらも、私はひたすら娯楽を甘受し続けた。

けれど三週間も過ぎた頃には、書架に並ぶ本だけでは物足りなくなってしまった。

（そうだ）

私は部屋の片隅にある博古架《かざりだな》の、鍵のかかった開き扉に目をやる。

（あそこにも本が入っている気がするんだよね）

私が架子床から降りると、仙月が慌てて駆け寄ってきた。

「翠蘭様、ご無理はなさいませんように。何かご入用のものがあれば、私どもにお申し付けくださされば」

「大丈夫だよ、仙月。もう痛みはほとんどないから」

久しぶりの足の裏の感触。多少ふらつきはするものの、自力で移動できるのは気持ちよかった。

誘われるように小さな鍵を見つけ出し、博古架の扉を開く。

予想過たず、そこには数冊の書が並んでいた。私は早速取り出し、頁を開く。

（おぅ!?）

これらの書がなぜ鍵のかかった場所に仕舞われていたのか、私は一目で理解した。

春画のような挿絵が目に飛び込んできたのだ。

背後で小さな悲鳴が上がる。振り返ると若汐と紅花が顔を赤らめ、袖で口元を覆っていた。

（へー、この世界にもあるんだ。R－18作品）

私は構わず頁をめくる。

「す、翠蘭様？　そう言ったものはあまり人前で読まれない方が……」

「んー」

仙月のお小言が背後から聞こえたが、私は気にせず先を読み進める。説明書きからこの本は小説ではなく、夜の営みの指南書であることがわかった。

（なるほど。昔、嫁入り道具として女が持たされたやつか。夫を満足させるように、と）

しかしなかなか興味深い内容だ。高田朱音として生きていた時にR－18本は何度か出したし、それなりに読んでもいたけれど、この書にはもとの世界では馴染みのなかったテクニックが記載されている。

（へー、ここではこういうのがメジャーなのか。面白いな。ふぅん、こういうのを〝鳳翔勢《ほうしょうせい》〟っていうんだ。必殺技の名前みたい）

私の胸の奥に、小さな火が灯る。新鮮な知識を得ると、創作意欲が湧いてしまうのが物書きの性《さが》だ。

（このテクを生かす場面に至るには、舞台はこれで、シチュエーションはこんな感じで、展開は……）

「翠蘭様」

軽く咎《とが》める声と共に、私の手の中の書は仙月によってやんわりと奪われた。

「畏れながら、そのへんで。続きは私どもが下がってからでお願いいたします」

「はぁい」

私は、やや強引に架子床へ連れ戻される。

(小説、書きたくなってきちゃったな)

胸の奥に灯った火が、私の中を巡《めぐ》り始める。頭の奥で光がきらめく。

(この部屋にあった恋愛小説も面白かったけど、私にはちょっと夢見がちすぎたんだよね)

砂糖菓子のように、甘くてふわふわとロマンティックな恋物語。手を取り見つめ合い、キュンとなる言葉を交わすピュアな愛。キスすらない。それはきっと翠蘭が好んだジャンルなのだろう。

けれど私は、もう少し攻めた内容のものが読みたい。翠蘭の蔵書に目を通している間、幾度心の中で『今だ、行けー！　チューしろー！　押し倒せー！』と叫んだことか。

(自分好みの小説がないなら、自力で生み出すしかない)

同人作家の魂がどうしようもなく暴れだすのを感じた。

第三話　活動再開と写本事件

らった。

「翠蘭様、ご所望の品をお持ちいたしました」

「わぁい、ありがとう！」

身を起こすのが苦痛でなくなった頃、私は仙月に頼み、紙と墨と筆を持ってきてもらった。

今日より私は、金糸の刺繍《ししゅう》の施されたカワセミ色の衣を身に纏《まと》う。これは皇后にのみ許される色だそうだ。

（おぉ！）

翠蘭の体に染みついた経験のおかげで、筆を操るのも問題ない。頭に浮かんだ光景は、この世界の文字や言葉となって紙の上で踊った。

（っしゃ、書くぞ！）

寝ている間にネタはしっかりと頭の中で練った。問題は……。

（キャラ名、何にしようかな？）

しばし考えた後に、ふと悪戯《いたずら》心が湧き上がる。

（〝推しキャラ×自分〟の二次創作を書いても、ここでは怒られないよね）

元の作品を知る人がいないのだから、同担拒否の人間もいない。

（ふふふ、書いてやる。私の私による私のための、欲望に忠実な小説を！）

方向性が決まれば、あとは滑るように筆が進んだ。

好きなソーシャルゲーム『むしがね絵巻《えまき》』の推し〝アキツ〟が、〝朱音〟をとろっとろに甘やかすR-18作品だ。

補足すると、『むしがね絵巻』とは、昆虫をモチーフにしたイケメンたちをガチャで集めて敵と戦わせるゲーム。アキツはトンボがモチーフで、身軽でアクロバティックな動きが特徴の、クール眼鏡キャラとなっている。

（ふひひ、アキツが私にこんなことや、こぉんなことまでしちゃってる。もとの世界でこれ書いて公開したら、同担拒否の人に絡まれて批判コメント来るやつだよね）

誰の目も気にすることなく好きに書ける小説とは、こんなにも心躍るものなのか。

（いやいやまだまだ、こんなものじゃ終わらないよ。あの本で新しく知ったテクも、がっつり使わせてもらうからね！）

書いて興奮、読み返してドキドキ。

（楽しい、すごく楽しい～！）

面白いのは、もとの世界の言葉を紙に書きつければ、こちらの世界の言葉に変換されることだ。今さらだが〝アキツ〟とは日本の古語で〝トンボ〟を意味する。故にアキツと書けば〝蜻蛉〟と自動変換されていた。

朝書き始めた小説は、夕刻になる頃には仕上がっていた。

（はぁ～、よき！　まさに自分の読みたかった小説がここにある！）

数日間は、ひたすらアウトプットを楽しみ続けた。書いたものを読み返すだけで幸せになれる。なにしろ中身は、推しと私とのかなり濃厚なラブストーリーなのだから。

「翠蘭様、最近とても輝いていらっしゃいますね」

侍女のひとり、控えめな紅花が、私の髪を梳きながら話しかけてきた。

「えへへ、そう見える？」

「はい」

「翠蘭様、何を書かれているんですか？」

髪飾りを運んできた侍女、はきはきした若汐が屈託なく問いかけてくる。

（そうね……）

自分で楽しむために書いたものだが、そろそろ他人の反応が欲しくなってきた頃だ。

私は髪を整えてもらうと、書いたものの中から比較的刺激の少ないR－12くらいの作品を取り出した。

「読んでみて」

「よろしいのですか？」

ふたりの侍女はぱっと顔を輝かせ、並んで紙を覗き込む。

「まぁ、恋物語！」

「これを翠蘭様が？」

ふたりは楽しげに読み始めた。徐々にその目はうっとりととろけたものに変化する。

そして……。

「ひぁ!?」

声を上げたのは若汐だった。紅花は口元を押さえ、ただ頬を赤らめている。

（ふふ）

いけない快感だ。ふたりは今、ちょっと刺激の強い場面を読んでいるのだろう。だが放り出すことなく、真剣な眼差しで文字を辿っている。

やがて読み終えたふたりは、紙の束をそっと下ろした。

「どうだった？」

「あの、えっと……」

口ごもる紅花に代わり、若汐が答える。

「とっ、とても、胸が高鳴りました。その、艶やかで、すごく……ぇぇと」

「あ、あのっ……」

主人に問われれば、侍女として答えぬわけにもいかないのだろう。内気な紅花も頑張る。

「蜻蛉様《アキツ》がとても素敵で、その。これほど素敵な御仁にこんな風に言われたら、夢中になってしまうな、って思いました」

「きゃー、ありがとう！」

私は両手を広げふたりを抱きしめる。

「アキツ、いいよね。わかってくれて嬉しい！　そう、アキツ最高なの！　知的で紳士的なのに意外と剛腕で、あの素早い動きは日頃から鍛え上げられている筋肉だからこそで、リミットが外れた時の雄の雰囲気が極上のエロさで！」

ふたりは頬を染めたまま、互いに困惑と恥じらいの入り混じった笑みを浮かべている。

「他にもあるよ」

私はふたりを放すと、これまで書き上げた小説の束を手に取る。

「もっと濃厚なやつ！」

「濃こ……っ」

「よ、読ませてください！」

顔を赤らめたまま、若汐は元気に手を上げる。

「じゃあ、これ」

私が一篇を手渡すと、若汐は目を輝かせて読み始める。一方紅花は、もじもじしながらこちらをうかがうように見ていた。

「どうしたの、紅花？」

「あ、あの、私も、その……」

「読んでくれるの？」

紅花には刺激控えめの、別の一篇を手渡す。

「じゃあ、これ」

「あ、ありがとうございます」

ふたりの侍女がうっとりした目つきで私の書いたものを読む姿を、私はソワソワした気持ちで眺める。

（はぁ、書いたものを読んでもらうの嬉しいし、リアクション見られるのも楽しい！）

「あなたたち、何をしているの」

ふいに飛んできた仙月の声に、私たち三人は現実に引き戻された。

「翠蘭様の御髪を整えに行ってから、一向に戻ってこないと思ったら」

「も、申し訳ございません！」

紅花と若汐は慌てて頭を下げる。

「怒らないであげて。私の書いた小説をふたりに読んでもらっていたの」

「小説？　もしかして翠蘭様が近頃書いておられたものでしょうか」

「そう」

私は一篇を仙月に渡す。紅花と若汐に読んでもらったおかげで、目の前で人に読まれることに抵抗を感じなくなっていた。もともと、ネットで不特定多数に向けて公開するのが日常だったのもある。

「………………」

戸惑いながらも仙月は目を通し始める。読み進めるにつれ、彼女の頬は徐々に紅色に染まり、やがて……。

「翠蘭様ぁっ！」

仙月が爆発した。

「い、いいい、一体何を書いておられるのですか！　こ、これは艶本ではございませんか！」

「うん」

「うん、じゃございませんっ！」

仙月は顔を手で覆い、息を荒げている。

「え？　そんなに興奮した？」

「何をおっしゃっているのですか！　皇后陛下ともあろうお方が、こんな下世話な、破廉恥《はれんち》な……！　皇后としての品位に関わります。金輪際、こういったものはお書きになられませんように！」

（えー！）

それは困る。せっかく悠々自適な異世界に転生したというのに、ここでも人生の楽しみを奪われるなんて。

私は悲しげに袖で顔を覆ってみせる。

「陛下に相手をしてもらえない心の隙間を、空想で埋めるのはいけないこと？　私は切ないこの気持ちを、自ら慰めることすら許されないの？」

私の言葉に、仙月はぐっと黙る。やがて彼女は細く息を吐くと、いつもの落ち着いた口調に戻った。

「わかりました、書くこと自体はお止めいたしません」

よっしゃー！

「ですが、この件は公になさいませぬよう。私どもの間だけの秘密になさってください。翠蘭様の威厳に関わりますので」

「いろんな人に読ませて感想もらっちゃだめ？」

「翠蘭様！」

私は再び、よよと泣いてみせる。

「感想もらえなきゃ、寂しくて死んじゃう。陛下に構ってもらえないのだから、せめて他の方からちやほやされたい」

「ぐっ、ですが……！」

揺らいでいる。翠蘭の皇后としての威厳を守るか願望を叶えるかの狭間で、忠臣仙月が揺らいでいる。

「じゃあさ、筆名《ペンネーム》で発表するならどうかな？　例えば……朱蘭《チュラン》とか」

もとの名前〝朱音〟から一文字、今の名前の〝翠蘭〟から一文字。

仙月は眉間に手を当ててしばらく考え込んでいた。やがて諦めたように口を開く。

「……翠蘭様が書かれていると、決して口外しないと約束していただけるのであれば」

「やたー！　ありがとう、仙月！」

私はうきうきと、書き終えて積み上げていた紙を仙月に見せる。

「それからね、これを束ねて書の形にしたいんだ。その方が読みやすいでしょ？　やり方教えて」

「ならば、近々専門の者を手配いたします」

「ありがとう、仙月！」

仙月はしばし渋い表情をしていたが、やがて困ったように口元をほころばせた。

「翠蘭様がこれほどまでにいきいきしておられるのは、初めてでございます。そこへ水を差す真似など、私にはできません」

「仙月」

仙月は慈愛に満ちた瞳を私へ向ける。

「かつての翠蘭様は、いつも自分の願望を言葉にされることなく、自己主張もなさらず、常に控えめに振る舞っておいでした。夫婦和合の廟へ詣でたいとおっしゃったのが、翠蘭様が積極的に動かれた初めてのことではないでしょうか」

そうだったんだ。

「しかしながら、ここのところ、翠蘭様は積極的にご自身の意思を口になさいます。まるでお人が変わられたかのように」

「い、一度、死にかけたからね」

私は言い訳じみた台詞《せりふ》を口にする。

「死んだら何もできないし、どうせなら生きているうちにやりたいことをやっておかなきゃ、なぁんて考えたんだ、けど。へ、変かな？」

仙月は首を横に振る。

「私は嬉しいのでございます。翠蘭様が心身共にお健やかに過ごされることこそ、私の幸せですので」

「仙月……」

私は仙月にハグをする。この世界で彼女は、翠蘭の保護者のような立場なのだろう。

「私のそばにいてくれているのが、仙月でよかった」

「もったいなきお言葉でございます」

仙月から手を離し、私は彼女の顔を覗き込む。

「ところで、さっき読んだ私の小説、どうだった？　感想聞きたいなぁ」

仙月は笑顔のまま固まる。そしてじわじわと頬を染めると眉をつり上げた。

「それはお答えいたしかねます！」


私の書いた物語は、表に出す体制が整う前に思わぬ形でバズることとなった。

始まりは、若汐が写本を作らせてほしいと頼みに来たことである。

「翠蘭様。私、翠蘭様の書かれたこの物語が本当に好きで！」

若汐が手にしているのは、彼女に最初に見せたR－12のものだった。

「どうしても手元に持っておきたいのです。どうか、書き写すことをお許しいただけませんか？　お仕事の手は絶対に抜きません、お願いします！」

ここまで請われて断れる創作者がいるだろうか。もとの世界であれば、コピーでもして渡してあげるところだが、ここにそんなものはない。私が許可すると、若汐は目を輝かせ何度も頭を下げながら、大切そうに書を胸に抱えて部屋を出ていった。

そして原本を返却しに来たのは三日後だった。

「もう写し終えたの？」

「はいっ！　ありがとうございました！」

睡眠不足で目の下を黒くしながら、若汐は満足そうに笑う。きっと寝る間も惜しんで頑張ったのだろう。

（わかる……！）

熱狂しているジャンルの二次創作を、睡眠を削ってやってしまうのは、高田朱音時代の私にとって日常茶飯事だったからだ。

若汐はその後、常に懐にその写本を忍ばせ、暇さえあれば読んでいたらしい。そうなれば興味を持つ者が出てくるのも当然のことだ。

まず豊栄宮で働く侍女仲間が、それは何かと問うてきたらしい。若汐が見せると、彼女もまたその物語を気に入ったのだとか。紅花を加えた三人でおしゃべりに花を咲かせていたところ、その内容を下女が小耳に挟む。それが行動範囲の広い下女のネットワークで一気に外へ広がった。

やがて、後宮で暇を持て余している后妃たちが「面白い話はないか」と侍女に問うたところ、「近頃こんな物語が巷で話題でして……」となったようだ。

この流れは直接見たわけじゃなく、侍女や子墨からの報告で知ったことだが。

（私の作品がバズってるのは嬉しいけど、感想が直接届かないのはちょっと寂しいな）

　そんなある日、快活な若汐が珍しく肩を落として頭を下げてきた。

「翠蘭様、以前お借りした書をもう一度写させていただいてもよろしいでしょうか……」

「え？　それは別に構わないけど。別の作品じゃなくていいの？　前に作った写本はどうしたの？」

　若汐は顔を真っ赤にして、下唇を噛んだ。

「写本、取り上げられちゃったんです。麗霞《リーシャ》様に」

「麗霞？」

　初めて聞く名前だ。誰だろう。

「郭《グオ》貴儀様にございます」

　私の表情で察したのか、仙月が答える。

「貴儀といえば后妃の位のひとつだったよね？　えぇと、序列は……」

「第七位のお方にございます」

　そっか、七位といえば、四妃に次ぐ十八嬪の中でもトップクラス。いくら若汐が皇后付きの侍女といっても、力関係で勝てるわけがない。

「どうして、取られるなんてことに？」

「……私が迂闊《うかつ》だったんです。麗霞様付きの侍女で、出身地が同じということで仲良くしている子がいまして。その子に請われ、写本を見せていたところを麗霞様に見つかり、『これは私がもらっておく』と」

えぇ!?

「口伝えで評判になっている物語を書で読めると、とても喜んでしまわれて、それで……」

「でも、取り上げられたとは限らないよね？　読み終えたら返してくれるかもしれないし、少し様子を見てみたら？」

「持ち去られてから、すでに十日が過ぎてるんです」

（結構経ってるな……）

若汐が写したのは短編だ。書き写すのに三日分の空き時間を費やしたとはいえ、読むだけなら三十分もあれば十分だろう。

「それに、その侍女仲間が教えてくれたんです。写本は麗霞様の書架に収まっていると」

借りパクだ！　『もらっておく』は本気だったのか。

「そんなわけで、申し訳ありませんがもう一度お貸しいただきたく」

貸すのは一向に構わない。

(だけど、自分付きの侍女の私物を奪われておきながら、主である私が黙っていていいの？)

「翠蘭様」

突如、中性的な声が耳に届いた。

「麗霞様は今、御花園《ぎょかえん》の四阿《あずまや》にいらっしゃいますよ」

子墨が部屋の入り口に立ち、嫣然と笑っていた。

「先ほど、麗霞様がそちらに向かわれるのを見かけました。あぁ、件《くだん》の書もしっかり手の中にありました」

どこから話を聞いていたんだろう、この人。まぁ、いいけど。

「ありがとう、子墨。行こう、若汐」

「翠蘭様？　行く、とは？」

「若汐が頑張って書き写したものだからね。ちゃんと取り返そう」

(うわぁ……！)

初めて足を踏み入れた御花園に、私は目を見張った。

(広っ！)

御花園とは、私の生活する豊栄宮から北の門を抜けたところにある庭園だ。後宮に住まう后妃たちの憩《いこ》いの場となっているとは聞いていたが、その規模は予想をはるかに超えていた。

（私の想像してた庭と違う！　ほぼテーマパークじゃない）

中央の人工池を取り巻くように回廊が巡り、大小様々な建物が点在している。山を模した隆起があり、季節の花が咲き乱れていた。

後宮入りした女は基本的に外に出られない。そんな后妃たちの心を慰めるために作られたのがこの場所なのだろう。

「翠蘭様、足元にお気を付けくださいませ」

「うん。ありがとう、仙月」

外に出るのは、重傷から復活して初めてのこととなる。

（四阿にいると言われてもなぁ）

私は辺りを見回す。

（四阿だけでいくつあると……。あ、あれかな？）

蓮《はす》のつぼみの並ぶ池を見下ろす四阿に、ひとりの女性が座っていた。見覚えのある写本を手にして。楽しげに読書する彼女の後ろには、背筋を伸ばして立ち並ぶ侍女たちの姿があった。

「あの方が、麗霞様です」

若汐の言葉で確信を得て、私は読書をしている貴儀のもとへ歩み寄った。

「えっと、麗霞？」

私の声に、麗霞の睫毛がピクリと動く。その下から、橡《つるばみ》色の眼が私を見上げた。

「これは、皇后陛下。何か御用でしょうか？」

（ん？）

なんだろう、この彼女から発せられる威圧感は。こちらへ向ける目線は、まるで目下の者に対するもののようだ。立場でいえば皇后である私が序列一位で、圧倒的に上のはずなのだが。

（あれだ。学校で先生から『委員長、クラスのプリント集めてこい』って言われて、スクールカースト上位のギャルのところに行った時向けられる目だ、これ）

少々腰が引けてしまうが、そうも言っていられない。

「あなたの読んでいるそれ、私の侍女のものだよね。返してもらえます？」

「ハァ？」

麗霞はせせら笑って私を見る。

「何をおっしゃっているのかしら？　これは私が尚寝局を通して外から入手した、私のものですわ」

嘘《うそ》つけぇ！

（開いた頁から見えている内容、間違いなく私の書いた文章だし）

ちなみに尚寝局とは、后妃の日用品を扱っている部署だ。欲しいものがある時、そこへ申請すれば大抵のものは入手してもらえる。

ふと麗霞の背後に目を向ければ、ひとり困ったようにこちらをチラチラ見ている侍女がいる。恐らく彼女が、若汐の同郷の子だろう。

「嘘はやめて、麗霞。それは、私の侍女のものです」

「皇后陛下、おかしな言いがかりはやめていただけます？」

麗霞はわざとらしく大きなため息をつく。

「人を泥棒扱いするなんて、失礼じゃございませんこと？　これがあなたの侍女のものだという証拠はあるのですか？」

「だってそれは、私が書……」

「翠蘭様」

仙月の声に私は慌てて口を噤《つぐ》む。そうだ、私がこれを書いていることは、他言してはならない約束だった。

仙月は毅然とした態度で前に進み出る。

「畏れながら、そこに見えている文字は、若汐のものとお見受けします」

麗霞は忌々《いまいま》し気に顔を歪めると、中を見られないように書を閉じた。

気が付けば周囲には、私たちの様子を遠巻きに見る后妃や侍女、女官が集まってきていた。

「たかが侍女の持ち物を、この私が欲しがるとでも?」

眉間に皺を寄せ、麗霞は私を睨む。そしてその口元に、毒々しい笑みを浮かべた。

「あぁ、わかりましたわ。ひょっとして皇后陛下は、この〝艶本〟が欲しいのではありませんこと?」

「は?」

「男と女の甘やかな営みを描いたこの艶本が欲しいのでしょう? だけどご自身が欲しいとは言いづらいから、侍女のものだと偽って私から取り上げようとなさっているのだわ」

(なんで!?)

「なぁんて、まさかですわよね! 〝皇帝陛下に最も愛されている〟翠蘭様が、こんな俗な書を必要とするはずございませんものねぇ!」

プッと噴き出す音、続いてさざめきのような笑い声が辺りに広がる。遠巻きに見ている者たちは袖で口元を覆い、面白がるような目線をこちらへ向けていた。

(なんなの、この嫌な雰囲気……)

彼女が『陛下に最も愛されている』という部分をわざとらしく強調したのは、私がそうでないと知っているからこそだろう。そして皆が嗤《わら》ったのも。

「翠蘭様……」

遠慮がちな声に振り返ると、勝ち気な若汐が今にも泣きだしそうな表情で、私を見ていた。

「もういいです。あの本のことは、私諦めますから」

「だけど、若汐……」

「これ以上、翠蘭様に恥をかかせるような真似、私……」

私は仙月を見る。仙月も悲しげに眉をひそめると、小さく頷いた。

（そんな……）

目覚めた時からずっと親身に私に尽くしてくれた侍女の、この世界で私の創作物を楽しんでくれた初めてのファンの、大切な本を私は取り返すことができないのか。

その時、ザワッと空気が揺れた。気配に気付いた者たちがそちらへ目をやり、慌てて礼の姿勢を取る。

皆の視線の先にいたのは、皇帝勝峰とその寵姫香麗だった。先ほどまでと打って変わり、その場にいるものは皆一様に敬愛を込めた眼差しをふたりへ向け、恭しく頭を垂れている。

（待って。さっきまでの私への態度と、違いすぎない!?）

一応私、皇后だよね？　皇帝のパートナーだよね？　やっぱり〝こうごう〟に別の意味があるのかな？

そんなことを考えつつ突っ立っていると、勝峰がこちらをじろりと睨んだ。

「なんの騒ぎだ。諍うような声が聞こえたが」

「あ、それは……」

「陛下！」

私が説明するより先に、麗霞が四阿から飛び出し、勝峰の足元へ縋《すが》った。

「畏れながら申し上げます。実は皇后陛下が、私の大切にしている書を奪おうとなさったのです」

「えっ、ちょ！」

麗霞は、いかにも傷つけられた哀れな女を装い、双眸に涙を浮かべ、勝峰へ訴えるような眼差しを向けている。

「本当か、翠蘭」

勝峰の低い声に、反射的に体の芯が強張る。けれど黙っていれば、このまま麗霞の言葉が真実とされてしまいそうだった。私は慌てて首を横に振った。

「こ、これはそもそも、私の侍女である若汐の持ち物なのです！　だから、返してもらおうと……」

「嘘です！　陛下、皇后陛下は嘘をついていらっしゃいます！　私が侍女の持ち物を奪うような、卑《いや》しい女に見えまして？」

（盗ったでしょうが！）

「……書とはどれだ」

勝峰はうんざりした様子で手を出す。麗霞は、しまったという顔つきで写本を胸に抱いた。けれど皇帝から渡すよう促され、断れるはずがない。麗霞は渋々写本を勝峰へと手渡した。

「…………」

勝峰はゴミでも見るかのような目を写本へ落とし、そしてそれに両手をかける。

「くだらぬ争いの種になるなら、こんなもの捨ててしまえ」

（え!?）

写本を掴んだ両手を、雑巾を絞る際の手つきで捻《ひね》ろうとした勝峰へ、あちこちから悲鳴が上がった。

「なんだ」

文句があるのかとでも言いたげに、勝峰は辺りを見回す。女たちは慌てて口元を押さえ、再び礼の姿勢を取った。

けれど私には受け入れられなかった。高田朱音であった頃に母に捨てられた、同人誌のつまった段ボール箱の山を思い出した。

「待っ……！」

「陛下」

私の声より先に、糖蜜のような声が勝峰の動きを止めた。桜色の優美な指先が、今まさに写本を引き千切らんとしている勝峰の手をそっと押さえる。

「いけませんわ、陛下。そんな乱暴な真似」

「香麗……」

「どちらの方の持ち物かはわかりませんが、それは彼女らにとって大切なものに見えます。それを皆の前で引き裂いては、陛下の寛大なお心が疑われてしまいましょう。争いの火種になるというのであれば、私が預かりますわ」

「……そうだな」

勝峰はあっさりと、手にしていた写本を香麗へと手渡す。

「皆さん、よろしくて？」

香麗の天女のような微笑みに、皆はただ黙る。皇帝の寵愛を最も受けている貴妃に、文句が言えるはずがない。

けれど私は、まとまりそうな空気をあえて読まずに前に出た。

「預かるというなら、私がやります」

「翠蘭様……」

香麗は形のいい唇でにっこりと微笑むと、困ったように眉を下げた。

「いけませんわ、翠蘭様。これは翠蘭様と麗霞様の争いの種。取り合っていた一方に渡してしまっては、不公平でございましょう？」

「わ、私は皇后です」

勝峰が少し驚いたように私を見る。

「後宮を取り仕切る責任者は、この私です。だから預かるとすれば、それは私の役割です」

自分の口をついて出た言葉に少し驚く。

——後宮の責任者。

そんな立場であることなどこれまで考えたことがなかった。

（これは、〝翠蘭〟の気持ち？）

大人しく、他人に従うのみだった翠蘭は、心の内にこんな思いを秘めていたのだろうか。

戸惑う私へ、香麗は聞き分けのない子どもを見るような視線を向ける。

「翠蘭様。それは詭弁《きべん》というものでござ……」

「香麗」

思いがけず、低い声が香麗の言葉を遮った。次に勝峰は彼女の手にある写本をそっと抜き取ると、私へと突き出す。

「翠蘭、預ける。後宮の最高責任者としてのお前に」

（え……）

私は勝峰から写本を受け取る。勝峰はしばらく私の顔を見ていたが、やがてくるりと背を向け歩きだした。

（勝峰が、私の意見を優先してくれた……？）

「翠蘭」

「はっ、はい！」

目を上げれば、勝峰は蓮の池にかかる円月橋の上からこちらを見下ろしていた。

「お前がそんな声を出すのを、初めて聞いたぞ」

「あ、はぁ……」

間抜けな返事をする私から視線を切り、勝峰は香麗と共に立ち去る。

絵姿のように美しいふたりを見送る私のそばを、麗霞が怒り心頭といった風情で足早に通り抜けた。

「慶王家の血筋でなければ、あんたごときが皇后のわけないんだから！」

そんな捨て台詞を残して。

「本当に申し訳ありませんでした、翠蘭様！」

豊栄宮の自室へ戻ると、若汐はワッと泣きだした。

「私が迂闊な真似をしたせいで、翠蘭様に不愉快な思いをさせてしまって」

「あー、あはは。気にしないで」

御花園で、后妃たちから浴びた冷ややかな視線が脳裏をかすめる。麗霞の捨て台詞も。思い出せば落ち込んでしまいそうだったが、今は目の前の若汐のメンタルが心配だった。

「ほら若汐、あなたの写本。これからは持ち歩かず、部屋に置いておくのがいいかもね」

「はい、そうします」

「それからさ、若汐はどんな人と恋愛したい？」

「え？」

私は私にできるフォローを考える。

「次に書く物語は、若汐みたいな子を主人公にしたいと思ってるの。だから、どんな相手とどんな展開になるのがお望みかな、って」

「そ、そんな！　私ごときが、翠蘭様の……！」

若汐は遠慮をしようとしていたが、私が根気強く返事を待つと、やがてぽつりぽつりと語り始めた。

「あの、私、実家に犬がいまして、大きくて白い。その子が、私に何かあると駆け付けてくれるので、まるで頼もしい恋人のようでした。人の姿をしていたらいいのに、なんて空想したことも……。へ、変ですよね、こんなの」

「変じゃない！」

私は若汐の手を取る。

「すごくいい、忠犬のあやかしモノ！　それ書いていい？」

「翠蘭様……。は、はい！」

「できるまで少し待ってね。じゃ、その写本、部屋に片づけておいでよ」

「はい！　ありがとうございます！」

若汐は少しよれてしまった写本を大切そうに胸に抱き、部屋を後にした。

侍女たちが仕事へ向かいひとりになると、私はついこぼしてしまった。

「翠蘭って、周りからあまりよく思われてないんだなぁ……」

そのタイミングで、窓の向こうから子墨がひょいと顔を出す。

「うわ、びっくりした！」

「翠蘭様、憂いていらっしゃいますね。若汐の様子といい、御花園で何かあったんですか？」

「それがね……」

私は先ほどの出来事を子墨に話す。

「私、皇帝に無視されてることについては正直どうでもいいんだ」

「翠蘭様はお心が強くていらっしゃる」

まぁ、好きな相手でもなんでもないからね。最推しの声優、城之崎翔《きのさきしょう》のイベントで、ひとりだけファンサもらえなかったら凹むけど。

「でも、寵愛を奪い合う競争相手にならない私に、皆そこまで敵意向けなくてよくない？」

「そこは翠蘭様が、寵愛を奪い合う相手にならない〝皇后〟だからですよ。皆、その地位が、喉から手が出るほど欲しいんです」

「そういうもの？」

「妃嬪はどれだけ序列が上でも、陛下の気まぐれで簡単に地位を失う立場です。が、皇后様だけはよほどのことがない限り廃されることはありません。皆、身の振る舞いに気を張らなくていい安全圏にいたいんですよ」

なるほど。確かに安定した生活は大事。

「でもさ、地位は皇后より下でも、私より確実に愛されてる人もいるじゃない」

「香麗様のことをおっしゃっていますかね？」

「そう。妬《ねた》むなら、私より彼女と思うんだけど」

私が口を尖《とが》らせると、子墨は顎に手をやり天井へ目をやった。

「香麗様には説得力がありますからねぇ」

「説得力？」

「人は、自分より圧倒的な高みにいる人間に対しては嫉妬する気すら失うものですよ」

あー、なんとなくわかる。

「逆に自分と同等、もしくは自分より下に見ている人間が、自分よりいい待遇を受けていると妬み狂うものですね」

なるほど。いや、ちょっと待て。

「それって私が、后妃の皆から見下されてるってこと!?」

「そこまではとてもボクの口からは」

(言ってるわ！)

確かに私は香麗レベルの圧倒的美人とは言い難いけど！　皇帝に愛されてもいないけど！

──慶王家の血筋でなければ、あんたごときが皇后のわけないんだから！

麗霞の捨て台詞を思い出す。

（そっか。納得いかない私がこのポジションにいることが、彼女らを苛立《いらだ》たせてるのか）

いや、知らんし！　そもそも先代が、国をまとめる際にそんな取り決めをしたから、この状況でしょ？　私、悪くなくない？

（よし、忘れよう！）

モヤモヤを無理やりねじ伏せ、私は卓子《テーブル》の上へ紙を取り出す。

「新作ですか」

「そう」

若汐のために、私はあやかしモノのストーリーを練り始める。

嫌なことは忘れて、ここで好きな物語を書こう。外出するからギスギスに巻き込まれるんだ。豊栄宮に引きこもって、趣味のことで頭をいっぱいにしよう。私は安全圏にいるんだ、わざわざ周囲と波風立てる必要はない。

「お茶、いります？」

「茉莉花茶《ジャスミンティー》」

「では、侍女の誰かに申し付けておきますねぇ」

子墨が部屋から出ていくと、私は空想の世界へと飛び込んだ。

■□■

「全く忌々しいったら、翠蘭のやつ！」

部屋に戻ると、麗霞は金切り声を上げた。

「何が〝後宮の責任者〟よ！　何もできない、血筋だけの女のくせに！」

派手な音を立てながら、麗霞は腹立ちまぎれに辺りの物を掴んでは床へと投げつける。主のそんな様子を見ながら、侍女たちはただ黙って壁際で身を固くしていた。

「一体なんの騒ぎですか？」

物音で駆け付けて来た宦官を、麗霞はギッと睨む。そして青磁の香炉を、その額へ投じた。

「うぐっ！」

中に残っていた灰が飛び散り、宦官の顔や服を汚す。額を押さえ、灰まみれでうずくまる宦官を見下ろし、麗霞は口端を吊り上げる。

「……あ」

ふと、麗霞は荒れた床の上に何かを見つける。紅い爪に彩られた指先でそれを摘まみ上げると、痛みに呻いている宦官の頭上へ落とした。

「捨てておいて」

宦官は頭に載せられたものを、震える手で取り確かめる。それは、翠蘭の靴の裏から剥ぎ取った滑り止めの革だった。

第四話　皇后翠蘭と朱蘭先生

崔仙月は翠蘭付きの侍女頭であると同時に、尚宮局仕えの女官でもある。尚宮局とは後宮の人事や経理などを司る部署だ。

ある日仙月は、親しい女官のひとりがひどく憔悴していることに気付いた。

「どうしたの？　なんだか困っているようだけど」

「仙月、それが……」

聞けばここ最近、彼女の働く尚寝局へ〝あるもの〟への要請が相次いでいるという。

「后妃の皆様から〝朱蘭〟という人の書いた艶本を入手するよう、矢のような催促が届いているのだけど、そんな本、外で探させても見つからないのよ」

仙月は密かに息を呑む。

「作家のどなたかの偽名なのかしら。仙月、何か知らない？」

仙月は動揺を気取られぬよう、穏やかに微笑む。

「こちらでも調べておくわ。何かわかり次第、連絡するから」

「ありがとう。頼りにしてる、仙月」

女官仲間から離れ、仙月は早足で豊栄宮へと向かった。

■□■

「という次第でございます」

「本当⁉　私の小説がそんなに⁉」

私の本を探し求めて人が走り回るなんて、もとの世界では考えられなかったことだ。

しかし、はしゃぐ私とは対照的に、仙月は浮かない表情だ。

「どうしたの、仙月？　何か問題？」

「いえ、翠蘭様から『書の形にまとめ人々から感想をもらいたい』とお伺いした際は、ごく小規模な、身近な人間だけで回し読みをするものと考えておりましたが。あまりにも多くの后妃様より求められているようでして」

「それが？」

仙月の眉間にうっすらと皺が刻まれる。

「先日の麗霞様の件もありますし、奪い合いや懐に入れてしまう者も出ていらっしゃるかと思うと、揉め事の種となりそうで。さて、どうしたものやら」

「奪い合いって」

さすがにそこまでは、と思ったが、仙月はいたって真面目な顔つきだ。

「翠蘭様、こちらの後宮に后妃の皆様が何名おられるか、覚えていらっしゃいますか？」

あっ、そうか。〝後宮三千人〟なんて言葉があるくらいだから……。

「さすがに三千名は、慶の時代までです。現在は五十名ほどでございます」

「三千人？」

それでもそれなりにいる。

「五十人に行きわたるだけの作品数はないなぁ」

「はい。それに、おひとりが何篇も求められれば、なおさらでございます」

ふと、若汐の姿が頭に浮かんだ。私はポンと手を叩く。

「数が必要なら、写本をたくさん作ればいいんじゃない？」

「はい。しかし、その写本をどこで作るかが新たな問題となってまいります。この豊栄宮で作業をさせれば、〝朱蘭先生〟の書に翠蘭様が並みならぬ関わり方をされていると、不審に思う者が現れましょう」

言われてみればそうだ。愛妾たちのために、せっせとR－18本を量産する正室って、変だよね。

「要請は尚寝局に届いてるんですよね？　なら好都合じゃないですかぁ」

仙月との会話に割り込んできたのは子墨だった。

「ボクが外で入手したと言って、翠蘭様の作品を尚寝局へ持っていきますよ。で、『一冊ずつしかないから、后妃の皆様に行きわたらせるため後宮内で写本を作ろう』と提案します」

へらっと笑う子墨に、仙月は表情を引きしめたまま向き直る。

「書の入手経路を問われたら、どう答えるつもりです？　子墨」

「やー、ボク有能じゃないですかぁ？　ちょっとしたつてで手に入れた、と言えば大丈夫じゃないですかね？」

（大丈夫なのかなぁ？）

「……確かに、あなたなら」

いけるんだ。

「そんなわけですから」

子墨は私の書いたものを、抱え上げる。

「翠蘭様、こちらお預かりいたしますね。ちゃんと原本はお返しいたしますので、ご安心を」

「うん。よろしく、子墨」

数日も経たぬうち、〝朱蘭先生〟の小説は後宮内に配布された。

子墨の手配で一室に集められた宦官たちが写本を作る。完成したものは、尚寝局に申請した后妃のもとへ届けられた。

后妃たちは「あれを読んだか」「まだこれを見ていないのか」と競うように盛り上

がる。物語は複数存在するため、彼女らは自分の持たぬ書を手に入れた者を見つければ交渉し、貸し借りも行われた。その際、借りた書を侍女、もしくは自らの手で写本にして手元に残す者も現れたらしい。

（喜んでくれるのは嬉しいけど、成人向けの小説がこんなに評判になってもいいのかな？）

自分で書いておいてなんだが、これは俗な小説だ。仙月が眉をひそめたように、上品なものとは言い難い。美姫たちが血眼になって取り合う姿に戸惑いを覚えたが——。

『蜻蛉様に愛される主人公に自分を重ね、甘い言葉を読み返すたびに心が満たされるのを感じます』

『この世に私を愛してくれる人は誰もいない、そんな寂しさに苦しむ夜は蜻蛉様の言葉を読み返します。私自身が彼に愛されたような気持ちになり、安らかな眠りにつくことができます』

『孤独な想いに押し潰されそうになった時、蜻蛉様の愛が私を救ってくれます。欲しい言葉をくれてありがとうございます』

これらは子墨が回収してきた、朱蘭先生へのファンレターだ。そこから読み取れるのは彼女らの〝孤独〟。

（そっか、そうだよね……）

以前、子墨が教えてくれた。皇帝勝峰がスルーしているのは、皇后である私だけではないと。

この後宮で寵を得ているのは貴妃香麗ただひとり。皇帝が他の后妃たちのもとを訪れることはほぼ皆無。

（皆、勝峰に愛されるために、ここに集められたのに……）

肝心の皇帝から見向きもされず、皇帝のものである以上は他の者を愛してはならない。これでは心が餓《かっ》えてしまう。

（皆、自分に愛を捧《ささ》げてくれる相手が欲しいんだ……）

そんな彼女らの心に、私の書いた刺激強めの恋愛小説はつるりと滑り込んだのだろう。身も心も満たしてくれる魅力的な男性と、空想の世界だけでも触れ合いたくて。

（現実の男に興味のない私と違って、彼女たちにとっては切実な問題なんだろうな）

ふと気配を感じ、私は目を上げる。

（えっ、勝峰？）

窓の向こうに、金糸銀糸の縫い取りの施された漆黒の衣を身に纏う、美丈夫の姿があった。子墨と中庭で何やら話をしている。その菫色の虹彩は、まっすぐ私へと注がれていた。

（こっち見てる？　なんで？）

私はとっさに近くにあった紙で顔を隠す。やや経って顔の前から紙をそっと下ろすと、艶やかな黒髪を揺らしながら去りゆく広い背中が見えた。

「……何しに来たんだろう、勝峰」

「翠蘭様の様子を見にいらした御様子ですよ」

「ヒュッ!?」

振り返れば、ついさっきまで中庭で勝峰と話をしていたはずの子墨が、部屋の入り口に立っていた。猫のようににんまりと目を細めて。

「私の様子を？　なんで？」

「そこまでのことは、ボクには。ただ、翠蘭様は執筆中でいらっしゃったので」

私ははっと手元へ目を落とす。そこには先ほどまで夢中になって書いていたTL小説が山と積んであった。

「翠蘭様は執務中でお忙しいとお伝えしたら、納得して帰っていかれました」

（子墨、ナイスアシスト！）

しかしなぜ勝峰は、私の様子など見に来たのだろう。彼にとって私は、興味の欠片《かけら》もないお飾りの正室のはずなのに。

(放っておいてくれても、こちらは一向にかまわないのにな)

日を追うごとに、私の小説は、さらに評判を上げていった。

紅花や若汐をはじめとする私付きの侍女たちには〝朱蘭先生の大ファン〟という体を装わせ、感想を聞いて回り報告をしてもらった。また、子墨もたびたびファンレターを預かって届けてくれた。

『温かな気持ちになれた』

『胸が高鳴った』

『甘い夢を見られた』

届けられる多くの好意的な感想に、私のテンションはうなぎ上り。筆は乗りに乗っていく。

(もとの世界で同人活動してた時より人気だよ。楽しい！　書くの楽し～い！)

こんなにもろ手を挙げて自作が歓迎されるのは初めてのことで、私の胸は高鳴った。

(……あ)

ふと先日の御花園での出来事が脳裏をかすめ、手が止まる。

「翠蘭様？」

「どうかなさったのですか？」

私の様子に気付き、紅花と若汐が気づかわしげな声を上げる。

「ううん、なんでもない」

私はふたりに笑って返し、再び紙に向かう。

(あの時私に冷ややかな目を向けていた人も、今、私の小説を求めていたりするのかな)

そこにいた人が誰だか覚えてないし、ファンレターを送ってくれた相手だって誰かわからないけど。

(……いいや。考えないでおこう)

翠蘭には冷たくとも、〝朱蘭先生〟に皆は温かいのだから。正体を知られない限り、彼女らは愛情のこもった言葉をかけてくれるファンなのだ。きっと。

「よしっ!」

私は片手の掌に、もう一方の手の拳を打ちつけ気合いを入れる。

(最高に甘々でセクシーな物語書いてやろうっと! 後宮の皆にトロットロな幻想を見せてやるぜ。皆、我が推しアキツの魅力にメロメロにな〜ぁれ)

〝朱蘭先生〟の小説が、后妃たちの娯楽品のひとつとして配布されるようになってから半月ほど経った頃。侍女たちから届く情報に変化が起きた。感想だけでなく、要望が混じるようになったのだ。

『蜻蛉様は素敵だけど、もっと可愛《かわい》らしい少年との恋愛が読みたい』

『線の細い貴人に登場してもらいたい』

『素直になれないひねくれた男の、自分だけに甘い作品が読みたい』

『学問に夢中だった老学者が、初めての恋に目覚める物語が読みたい』

（ほぉん……）

紅花たちの持ってきたメモを私は興味深く見る。やはり作者が確実に目を通すファンレターより、仲間同士の雑談の方が気軽に本音が出るようだ。侍女たちに頼み、読者の生の声を後宮中から収集してもらったのは正解だった。

（ショタ好きに王子系に、ツンデレに枯れ専と来ましたか）

どの時代、どの世界でも、性的嗜好は色々あるのだと実感した。

「あの、なんか……」

若汐が少し気まずげに頬をかく。

「以前書いていただいた、犬のあやかしの小説を読んだ友人が『若汐だけ理想の殿方が出てずるい』と言いだし、皆がそれぞれ自分の理想の殿方について盛り上がってしまいまして。……申し訳ございません」

「ううん、全く問題なし。むしろお礼を言いたいくらい」

自分の欲望を紙に叩き付けるのは楽しいけれど、求められるものを書くのもやりがいがある。新鮮な刺激に、体の奥から熱いものがこみあげてきた。

(早速書くか！)

リクエストには応えたくなるのが、物書きの性。

自分の好みと異なるキャラクターをゼロから作り出すのはなかなか大変だが、私には高田朱音だった頃にプレイした数多の乙女ゲーの知識がある。

(えぇと、ショタ好きの間で人気だったキャラといえば……)

複数のキャラクターを思い出し、それらのいいところ取りをした上で私なりのアレンジを加える。

(いける！)

〝朱蘭先生〟の描く男のバリエーションは、この日を境に豊かになった。

写本借りパク事件の時はつぼみだった蓮の花が綺麗に咲いたと聞き、私は久しぶりに御花園へ足を運んだ。ふと、本物の蓮の花の匂いはどんなものかと気になったのだ。お香などにも〝ロータス〟はある。きっといい香りに違いない。

あの日、麗霞のいた四阿が見えてくる。

「……ぶないわね」

「罰してやらなくちゃ」

（この声、麗霞？）

だが四阿に人の姿はない。さらに近づくと、四阿の手前にある、池へ下りる石段が見えてきた。その最下段の広い場所に、麗霞とふたりの后妃が侍女たちと共に立っていた。

「あら」

（うぇ）

麗霞と目が合ってしまった。

「こ、こんにち……」

「行きましょ」

冷たく言って、麗霞は皆を引き連れ石段を上ってくる。そして顔をそむけ、肩をぶつけるように横を通り過ぎていった。

（露骨に避けられてるなぁ……）

とはいえ、蓮のすぐそばまで行ける場所が空いたのはありがたい。

私たちが段を下りていくと、思いがけず背後から麗霞の声が飛んできた。

「蓮の花をご覧になるの？」

「え、そう、だけど」

「それなら左の端まで行かれるとよいですわ」

見れば最下段の左端から五十センチほどの場所に綺麗な花が咲いている。軽く身を乗り出せば匂いも確認できそうだ。

「ありがとう」

「いいえ」

唐突な親切に戸惑いを覚えたが、私は教えられた場所まで行き、花咲く池へ上体を傾けた。

「翠蘭様、お気を付けください」

「わかってる。匂いを確認するだけ」

私は足場に膝と手をつき、蓮の花咲く池へ身を乗り出す。

(う～ん、なんの匂いもしないな)

鼻をうごめかしても、これといったものは感じ取れない。

(ちょっと距離があるからかな?)

私はさらに、水面を彩る花へ顔を近づける。

「翠蘭様、それ以上はもう……!」

「もうちょい。もう少しで何か掴めそうな気がする」

石段の縁《へり》についた手へ、ぐっと体重を乗せた時だった。手元の石が、剥がれるように崩れた。

（えっ？）

バランスを崩した私の眼前へ深緑色の水面が迫る。

「あはっ」

麗霞の陽気な声が聞こえた気がした。

（落ち……！）

だが次の瞬間、私は首根っこをぐいと引かれた。ぐるりと景色が回転する。まばたきひとつした後には彫像のように整った顔を見上げていた。

（へ？）

眉目秀麗という言葉をそのまま人の姿にしたような顔立ち、背景には青空が広がり白い雲がゆっくりと流れている。私は勝峰の左脚に背を預け、仰向け状態で抱えられていた。私の肩にかかる彼の指には、痛いほどの力がこもっていた。

「……陛、下？」

「迂闊にもほどがあるぞ！　少しは己《おの》が身を気遣え！」

ヒュッと息を呑み、身を縮める。

「やっと皇后の自覚が芽生えたかと思いきや、考えなしの行動をとりおって！　お前はいつになったら自分の立場を理解するのだ！」

至近距離からのあまりの剣幕に、私は声も出せずただ硬直する。続けて勝峰は、背後に向かって声を荒らげる。

「侍女ども、お前たちがついていながらこの様はなんだ！　皇后に何かあったら、どう責任を取るつもりだ！」

「申し訳ございません！」

仙月たちの悲痛な声に、私は慌てて身を起こす。

「ち、違う！　みんなは悪くない。私が、どうしても蓮の花の匂いを嗅ぎたいって」

「蓮の花の匂い？」

勝峰は再びこちらをギロリと睨む。そして舌打ちして膝の裏へ手を差し込み私を持ち上げると、その腕を池へと伸ばした。私の上体は足場を離れ、水面に自分の姿が映る。

「えっ!?　やめっ、落ちる!!」

「落とすか！　ほら、さっさと済ませろ」

勝峰の漆黒の衣をきつく掴んだ私へ、勝峰は不機嫌な声で続ける。

「蓮の花の匂いが知りたいのだろう。お前の体はこうして俺が捕まえておいてやる。俺の手が痺《しび》れんうちに、匂いでもなんでも調べればいい」

（え……）

勝峰の意外な言葉に、私はぽかんとなる。勝峰の口調は乱暴だったが、私を見下ろす菫色の双眸はとても穏やかだった。

「ボサッとするな。腕が疲れたらうっかり落としてしまうかもしれんぞ。早くしろ」

「ひぇ、は、はいっ！」

私の脚と肩は、勝峰の大きな手ががっちりとホールドしている。すぐにも彼の手から逃れたい気持ちがあったが、蓮の花への好奇心がそれを上回った。私は勝峰を信じて衣を掴んでいた指を離し、思い切って上体を蓮の花へとのけぞらせた。

（わ……！）

それは控えめではあったが、品のある高貴な香りを放っていた。私は幾度も深呼吸を繰り返し、その匂いを記憶に刻み付ける。

「すごく、いい匂い」

「そうか。もういいな」

それだけ言って勝峰はこちらの返事も聞かず、私を池の上から引き戻す。そして私の足がしっかり地を踏んだのを確認すると、自分の膝や衣についた砂ぼこりをパッパと払った。

「全く、手間のかかる。どんな理由で蓮の花の匂いなど知りたがったのかは知らんが。お前も後宮の頂点に立つ女なら、もう少し建設的なことをするのだな」

太陽を背に仁王立ちでこちらを見下ろす勝峰に、私は萎縮し一歩下がって距離を取る。

「け、建設的、とは……」

険しい表情のままではあったが、勝峰は私の問いに答えてくれた。

「なんでもいい。舞や楽器が得意な者もいれば、刺繍や絵にいそしむ者もいる。後宮は文化の育つ場所だからな」

(後宮は文化の育つ場所……)

だが私は、この世界の舞も楽器もよくわからない。刺繍はもとの世界の家庭科で小学生の頃少しやったきりだし、絵は同人誌を作る際いつも知り合いに頼んで描いてもらっている。

(翠蘭は、何が得意だったんだろう……)

この体がいずれかを覚えている可能性はある。だが、あの部屋にそれらしき痕跡はなかった。

勝峰は腰に左手を添え、もう一方の手を口元へやった。

「他には……、詩歌を作る者もいるか」

詩歌……、文筆関係もありなんだ！

「小説なら書……」

「翠蘭様！」

仙月の焦った声に、私も慌てて口を押さえる。しまった、秘密だった。最近、後宮で褒められていたためか、秘めるタイプの趣味という感覚が薄れてしまっていた。特にあれは、男性に見せてはいけないものだ、絶対に。

「小説がなんだ」

「……えっと、読んでます」

「お前の部屋に山とある、あの薄っぺらい色恋小説か」

勝峰の言葉にギクリとなったが、すぐにそれは私の書いたものではなく、翠蘭の蔵書のことを指していると気付く。いや、いいじゃん、薄っぺらい色恋小説。少なくともあれらは、読む人を幸せにしているのだから。

「俺はもう行くぞ」

鴉の濡れ羽色の髪を揺らし、勝峰が石段を上がってゆく。そして肩越しに振り返ると、最後にこちらへ指を突きつけた。

「二度と不用心な真似をするな。お前の行動ひとつで首が飛ぶ者もいることを、自覚して行動しろ」

（ひぇ）

段を上がり切った勝峰が、御花園の奥へ向かって回廊を進み始める。そこへ香麗が柱の陰からひょいと姿を現し、彼の後を追っていくのが見えた。

ふたりの姿が見えなくなると、私の体からドッと力が抜けた。

「翠蘭様！」

崩れ落ちた私へ、侍女たちが駆け寄ってくる。私は彼女らに助けられながら再び立ち上がり、大きく息をついて空を見上げた。

（うん、やっぱり現実の男は苦手だわ……）

威圧的で横暴で。

──あの薄っぺらい色恋小説か──。

（乙女の恋心を見下して……）

私が官能小説を書いていると知れば、どんな罵《のの し》り文句があの口から飛び出すだろうか。


中学生の頃を思い出す。

「みんな見ろよ！」

教室で、粗野な男子が私の小説ノートを掴み、頭上で振り回していた。

「高田が、ラブストーリー書いてんぞ！」

「か、返して！」

内容は当時読んでいた少女漫画に影響を受けた、ロマンティックな甘々ラブストーリーだった。必死に手を伸ばすも、男子はおどけながらノートを持って逃げてゆく。

そして内容を読み上げ、のけぞってゲラゲラと笑った。

「ちょ、おい！　キスって書いてる、キースー！」

その言葉に、多感な時期のクラスメイトがワッと沸く。同時に私の頬はカッと熱を持った。

「きっしょ！」

どこからか別の男子の声が飛んできた。

「オタクのくせにキスとかキモくね？」

「誰もオタクなんかとキスしたくねー、オェ〜！」

「ち、違う……！」

主人公は私じゃないと説明したが、耳を傾けてくれる子はいない。

「こんな男も実際にいたらキモいよな！」

男子たちはこぞって囃《はや》し立てながら、嘔吐《おうと》する真似を繰り返した。

喉がツンと痛む。頬は燃えるように熱いのに、頭の奥が異様に冷たい。

（嫌いだ、男子なんか……）

涙が頬を伝う。それに気付いた男子は、慌ててノートを投げ返してきた。

「キモいモーソーしてる、お前が悪いんだろ！　オタク！」

あれから私は、男子が苦手になった。現実の恋愛に夢を見られなくなった。学年が上がり仲のいい子に彼ができても、全くその気になれなかった。

あの日、男子に言われた『オタクなんかとキスしたくない』という言葉が心の奥に刻み込まれていた。オタクである私には、生身の男子と恋をする資格も権利もない。私なんかが誰かを好きになれば、相手に迷惑をかける。

（いいんだ、恋の相手は二次元だけで）

空想上の男子なら、好意を寄せても迷惑がかからない。私を傷つけることを言わない。拒絶もされない。

（現実の男とは、関わりたくない）

だから勝峰に相手にされない今の立場は、とても居心地がいいのだ。たとえ、他の后妃たちから見れば哀れな立場であろうと。

（あ、しまった）

苦手な相手とはいえ、勝峰は池に落ちそうになった私を助けてくれた。そのうえ、蓮の花の匂いに興味を持つ私に協力までしてくれたのだ。

（思っていたほど、冷たい人じゃないのかな……）

ちゃんとお礼を言うべきだったと、後悔が胸をかすめた。

（ん？　そういえば！）

すっかり忘れ去っていた麗霞たちの存在を、今さらながら思い出す。

（麗霞の指示した場所に行ったら、石が崩れたんだけど！　まさか彼女、あれを知っててわざと私に言った？）

四阿を見上げたが、当然ながら麗霞たちの姿はそこになかった。

第五話　后妃たちの想いとナマモノ

しばらくの間、私は部屋にこもって執筆を続けた。

（ストレス発散には、イケメンからの甘々を妄想するに限る！）

アキツ二次創作をお休みし、リクエストされたキャラを書くようになって以来、ファンレターは一層熱のこもったものとなっていた。

（この世界は、優しいな）


ふと、かつての自分の境遇を思い出す。高田朱音だった頃、私にとって息のしやすい場所所は、ネットの中と同人誌のイベント会場だけだった。

学生の頃はお小遣いやバイト代を趣味につぎ込み、流行《はや》りものに乗ろうとしない私を、皆はダサイとせせら笑った。こっそり書いた小説は、中学の時のように見つかればからかいの的になりそうで、誰にも見せられなかった。

社会人になってもそれは変わらず、ブランド物やアクセサリーを定期的に買い換えない私は同僚から『身なりに無頓着でマナーがなってない』と冷ややかな目を向けられた。小説を書いていることに関しては、理解をしてもらえるか否かの以前に、話せる雰囲気ですらなかった。

自身を揶揄《やゆ》されることに関しては、すっかり慣れっこになってしまっていた。ただ、自分が大切にしているものを心ない言葉で汚されるのはつらかった。

安らげるはずの実家も、いつしかリラックスできる場所とは言い難くなっていた。通勤に二時間もかかる郊外住まいのため、平日は朝早く出て夜遅くに帰宅すれば、あとは最低限の身の回りのことと、スマホをチェックする時間くらいしか残されていない。そしてようやく迎えた週末も、家族と顔を合わせれば結婚だの将来だのとお小言が始まり、花嫁修業との名目で家事を言いつけられる。私が私らしくいられる時間は容赦《ようしゃ》なく搾取《さくしゅ》された。

やがて私は家族と顔を合わせないよう、休日は部屋へ引きこもるようになった。最低限の会話をする以外は、好きなもので埋め尽くした部屋で、自分のメンタルの回復をはかりたかった。

（だけど、それももう……）

外出中に処分されてしまった、私の心の支え。しかも〝わけのわからないもの〟とゴミのように扱われて。

（あれを失った時、あの世界と私を繋《つな》ぐものは消えてしまったんだ）

じわりと視界が滲《にじ》む。涙が落ちそうになり、私は慌てて卓子の上のファンレターを脇へ避けた。

（あっぶな！　大事なもの、だめにしちゃうところだった）

私は手の甲で目元を拭い、そしてファンレターを見る。そこには、私の作品に対する愛のこもった感想が並んでいた。

（ありがとう）

私は紙の束を胸に抱く。

（私の居場所をくれて、ありがとう）


読者からの物語に対する要望は、次のフェーズへと移行していた。

「作中の殿方が愛しすぎて、物語の中で彼が女主人公の名を愛《いと》しげに呼ぶのを見ると胸が痛む。私の目の前で他の女と愛し合っているようでつらい。次回作は、女主人公を私の名前にしてほしい」

（夢女子来たーー!!）

ちなみに、夢女子とは推しと自分との恋愛を夢見る女オタクのことを指す。もともとは夢小説といって自分の名前を登場人物のところへ入力できるＷｅｂ小説があり、それを好む女オタクを〝夢女子〟あるいは〝夢女〟と呼んだのだ。

わかる、気持ちは痛いほどわかる！　私も乙女ゲーは基本、自分の名前を入力してプレイする派だから。推しが他の女の名前呼ぶの切ないよね！　物語の世界に完全に浸っている時に、クライマックスで自分以外の名前を口にされると、『誰よ、その女!?』ってなるよね！

（さて、どうするか）

このリクエストの主の名前を、ヒロインの名前にして創作するのは簡単だ。だが、もしそれを了承すれば、同じ希望を出す人間が大勢現れるだろう。

（……ま、そこはこれを書き終えてから考えるか）

私は書きかけだった小説の続きに入る。今回は品行方正で優等生タイプの貴人。しかしふたりきりとなった瞬間、嫉妬を丸出しにするヤンデレ路線だ。他人に触れられたヒロインの肌へ上書きするように唇を這《は》わせ、ヒロインが他の男のことを考えられなくなるまで、身も心も徹底的に奪い、快楽で甘く支配して……。

（いける!!）

頭の中でプロットを組み立て、イメージを練り上げ、一気に筆を走らせる。

（それから、庭に潜んで物陰からふたりの様子をうかがっていた貴人は、ヒロインがひとりきりになった瞬間に背後から襲いかかるように抱きしめて、そのまま強引に……）

そこで手が止まる。

（家の庭の物陰ってどこ？　この世界における中の上くらいの家の構造って？）

意識を取り戻して以来、御花園に二度足を運んだ以外は豊栄宮に引きこもっている私は、宮殿の構造しか知らない。

（これじゃリアリティが足りない）

私は仙月に相談する。

「そうですねぇ。規模は違いますが、嬪の皆様が与えられているお住まいは、造りや構成の面で庶民のものに近いかもしれません」

「見せてもらうことは可能かな？」

「えぇ。皇后様のご命令とあらば、彼女らは断れる立場ではございませんから」

趣味の執筆のために皇后の立場を利用するのは少々はばかられたが。

（これも小説のため、ひいては後宮の皆様の娯楽のため！）

私は仙月たちと共に、庭を見せてくれる嬪を探しに出た。


妃嬪たちの住むエリアに足を踏み入れるのは、翠蘭として意識を取り戻して以来初めてのことだった。

門をひとつ越えた先に見えたのは、左右にそびえる高い塀。それらは朱一色で鮮やかに塗られている。足元には白い石畳。こちらは段差がないように、規則正しく敷き詰められていた。

今私がいるのは後宮エリアの中でも〝東妃苑《とうひえん》〟と呼ばれる場所だ。ここには貴妃と淑妃の住むふたつの宮、そして八人の嬪の住む四つの殿があるのだそうだ。このエリアが東と名付けられているように西のエリアも存在し、そちらは〝西妃苑《せいひえん》〟という。私の寝起きする豊栄宮の建つ中央エリアを中心に、東西に翼を広げたような形で后妃たちの生活場所は造られていた。

「翠蘭様、こちらが香麗様の百花宮《ひゃっかきゅう》にてございます」

（おぉ）

門を出てすぐの場所に、香麗の宮殿はあった。皇帝の寝起きする延翔宮《えんしょうきゅう》から最も近いのが、寵愛の深さを感じさせる。また百花という名は、華やかな彼女に相応しかった。

百花宮の前を通り抜け、東へ進む。このエリアは碁盤の目のようになっていて、道の奥までよく見通せる造りになっていた。

「こちらが大儀様と貴儀様の住まう、白梅殿《はくばいでん》となります」

百花宮の隣に建つ白梅殿は、長屋タイプであった。ひとつの棟が中央で分けられ、ふたりの嬪とその侍女たちがそれぞれ住むようになっている。これでも、高田朱音基準では〝お金持ちのおうち〟級の建物ではあったが。

「では中の者に伝えてまいりますので、少々お待ちください」

門に向かって歩き出す仙月の背中を見送りながら、ふと頭の隅に何かが引っかかる。

「仙月、待って」

「はい」

「ここ、誰が住んでるって？」

「大儀様と貴儀様にございます」

「貴儀……、ってことは」

私が振り返ると、若汐は言いづらそうに口を開いた。

「麗霞様でございます」

（やっぱり！）

彼女に対しては、完全に苦手意識ができてしまっていた。

「ここはちょっと……」

「では牡丹殿《ぼたんでん》へご案内いたします」

仙月は百花宮と白梅殿の間の道を、北へ向かって歩きだした。


牡丹殿の門まで辿り着くと、中から人の話す声が聞こえてきた。

「どなたかいらっしゃるようですね。翠蘭様のご意向を伝えてまいります」

だが私は違和感を覚え、仙月の袖を掴む。聞こえてくる話し声には、すすり泣く音が混じっていた。

「今は、そっとしておこうか」

私たちは頷き合い、さらに北へと足を進めることにする。けれど、牡丹殿の横を通り抜けようとした時、塀の向こうから飛んできたひとつのワードが私の足を止めた。

「あぁ、この物語の蜻蛉様のように、あの方も塀を飛び越えて私を迎えに来てくださらないかしら」

私は塀へ貼りつき耳を寄せる。

「翠ら……」

「しっ！」

怪訝《けげん》な顔つきの仙月を制止し、私は塀の向こうへ意識を集中させた。

(今、〝アキツ〟って言った！　この塀の向こうに、読者様がいる！　リアルタイムで感想が聞けるかも。泣き声混じりなのがちょっと気にかかるけど)

声の響き具合から、相手は庭にいるようだ。

「春燕《チュンイエン》様、そんなに泣かれては目が腫れてしまいます」

「いいのよ、どうせこの顔を見に来てくれる相手なんていないのだから」

(春燕……)

それがここの主の名前か。宥《なだ》めているのは侍女だろうか。ところでさっき聞こえた〝アキツ〟の話の続きは？

「春燕様、その書のその場面がよほどお好きなのですね」

「えぇ。悪漢に囚われた主人公を、蜻蛉様が救いに来てくださるの。鮮やかな手際で敵を打ち倒し、そして主人公を抱き上げて塀を越える描写には胸が躍るわ」

あ、読んでくれてるの、その作品なんだ！　やっぱり姫抱っこでの敵陣脱出はときめくよね！　キュンキュンするよね！

「ですが春燕様は読まれる時、とてもお辛そうでいらっしゃいます。読むのはおやめになられた方が……」

（えっ、辛い？）

「いいえ。……身軽で力強い蜻蛉様の姿が、故郷の皓宇《ハオユー》の姿に重なるの。だから切ないけれど、読んでいる間は幸せな幻想を見ていられるのよ」

（皓宇……）

男の名前だ。初めて聞く。

「皓宇は蜻蛉様のように知的ではないけれどね。太陽のようにいつも明るい人だったわ。彼の笑顔に、わたくしはいつも元気づけられたの。……彼がそばにいるだけで、温かい気持ちになれたわ」

（あ……）

春燕には故郷に好きな人がいたのだ。その相手の名前こそ皓宇。

先ほど彼女が口にした〝塀を越えて迎えに来てほしい相手〟とは皇帝勝峰ではなく、

皓宇のことだったのだ。

ぺらりと頁をめくる音がして、憂いに震える声は続く。

「特にこの場面の、果実を手に樹の上から降りてくる姿が、かつての皓宇にそっくりで」

「はい。その時、おふたりは将来の約束をなさったのですよね」

再びすすり泣きが聞こえてきた。

「あぁ、どうしてわたくしはここへ来てしまったのでしょうね。陛下にお目見えすることもなく、虚しくただ老いていくだけなら、皓宇の手を離すのではなかった。きらびやかな生活でなくとも、あの人に嫁いだわたくしは今よりきっと幸せだった……」

（春燕……）

それから少しの間、春燕の思い出話が続いた。侍女たちは、適度に相槌を打ちながら話を聞いている。恐らくそれは彼女らにとって日課のようなものなのだろう。

ふいに、遠雷の音が彼女らの会話を遮った。

「きゃあっ！」

塀の向こうで、慌てふためく気配がした。

「雷！　いやっ！」

「大丈夫です、春燕様。あの音なら、まだかなり遠いはずです。今のうちに邸内へ戻りましょう」

「え、えぇ」

春燕はよほど雷が苦手なのだろうか。せわしなく立ち去る音が聞こえ、やがて場はしんと静まり返った。私は塀から体を離す。

「翠蘭様。空模様が怪しくなってまいりました。私どもも急ぎ豊栄宮に戻りましょう」

「…………」

「翠蘭様？」

「あ、うん。そうだね」


自室へ戻ってからも、塀越しに聞いた話が頭から離れなかった。

先ほどの情報だけでは、将来を約束した相手のいる春燕がなぜ後宮入りをしたか、その過程まではわからない。きらびやかな生活に憧れ、一時的に気が迷い自ら希望したのか。もしくは家族に裕福な暮らしをさせたくて、この道をあえて選んだのか。あるいは彼女の評判を耳にした宦官にスカウトされ、強引に連れてこられたのか。

わかったのは、春燕は後宮入りしたことを今になって後悔しているということ。そして、私の書いた小説の登場人物に自分と皓宇を重ね、ときめきながらも切なさに涙を流しているということ。

（皇帝に見初められ、そばに侍《はべ》ることさえできていれば、話は変わってきたのかなぁ）

外からは雨の音が聞こえる。雷鳴も。雷に怯えていた彼女は、今頃牡丹殿の中で布団を被って震えているのだろうか。

（あっ！）

ひとつのイメージが湧き上がる。囚われの乙女、励ます太陽のような笑顔の青年、育まれる想い、そして嵐の夜。映画のように、物語が映像となって私の頭の中を駆け巡った。

私は慌てて筆を手に取る。書きかけのヤンデレ優等生ものを脇に避け、新たな紙へ頭に浮かんだ光景を叩き付けた。

■□■

淑儀春燕のもとへ新たな艶本が届けられたのは、雷の日から五日が経過した頃だった。

「朱蘭先生の書？　わたくし、一篇しか申請していないはずだけど」

訝《いぶか》しみながらも、春燕は届いた艶本を開く。

「おかしな書だこと。主人公の名前が入るべき部分が空白になっているわ」

呟きつつ頁をめくる。そこには竜神へ陰の気を捧げる生贄《いけにえ》姫のひとりに選ばれながらも放っておかれた主人公が、虚しく日々を送る姿が描かれていた。

「……わたくしみたい」

自嘲《じちょうてき》的に笑い、読み進める。やがて竜神の住まう仙窟へ日用品を届ける青年が現れたところで、春燕は小さく悲鳴を上げ、書を取り落とした。

「春燕様、いかがなさいましたか？」

「い、いいえ。なんでもないのよ」

震える指先で、春燕は書を拾う。そして続きに目を通した。

（これは、皓宇だわ……！）

主人公の名前同様、青年の名前の部分も空白となっていた。けれどその振る舞い、そしてエピソードのひとつひとつが皓宇を彷彿《ほうふつ》とさせるものだった。

（なぜ朱蘭先生は、こんな作品を……）

空恐ろしく思う気持ちもあったが、物語から目を離せない。

話が進むにつれ、作中のふたりは徐々に心が通い合い、ついには青年が乙女を仙窟から連れ出そうと決意する。

――俺はお前を娶《めと》りたい。どうしても諦めきれない。

——好きだ、好きなんだ！　たとえ竜神の怒りに触れようと、お前を愛している気持ちに嘘はつけない！

その台詞を目にした瞬間、春燕の目頭が熱くなる。小説の空白になっている部分には、自分と皓宇の名が浮かんで見えた。

物語はいよいよ佳境《クライマックス》となる。青年が乙女を連れて逃げたことに気付いた竜神が怒りを漲《みなぎ》らせ、雷鳴を轟《とどろ》かせ追ってくる。音に怯え、その場へ蹲《うずくま》ってしまう乙女。そんな彼女を強引に引き寄せ、青年はくちづけをする。狂おしいほどに、愛を込めて。

彼の想いに勇気づけられ、乙女は立ち上がる。そして、竜神の支配する土地から辛くも逃げのびたふたりは、新たな大地で結ばれるのだ。深く、甘く、激しく。

読み終えた春燕は、しばらくの間、呆然となっていた。その目には物語に描かれた世界が依然映っている。頬はしっとりと濡れていた。

やがて彼女は、しっかりと書を抱きしめた。

「わたくし、皓宇に愛されたわ……」

胸は未だ高鳴り、甘い痺れを体のあちこちに残している。

春燕は理解していた。後宮入りを自ら望んだ時、皓宇と自分を結ぶ赤い糸は途切れたのだと。

だが、それでも。

「この書を読んでいる時だけは、わたくし、皓宇と添い遂げられるのね……」

睫毛を伏せれば、新たな雫が頬を伝う。

「雷の音を聞くたびに、きっと皓宇の熱いくちづけを思い出すわ」

■□■

「といった次第でございます」

いかなる手を使ったのか、子墨から春燕の反応が詳細に伝えられた。

「ありがとう」

深く追及するのはやめ、私はほっと息をつく。

実在している人物をもとにした創作、つまりナマモノと言われるジャンルなので、解釈違いが起きてないかが心配だったのだ。断片的な情報をもとに書いた物語だったが、春燕は問題なく受け入れてくれたようだ。

「読み終えてしばらくしてから、『空白にはお好きな名前を入れてください』の一文を見つけ、大切そうにひとつひとつ書き込まれていましたよ」

「そっか、よかった」

実は最初に私が書いたものには、がっつり春燕と皓宇の名前が入っていた。けれど書き終えた後で、『これ、まずいよね？』と気付いたのだ。

後宮の女は皆、皇帝ただひとりを愛するのが大前提となっている。他の男に心惹《ひ》かれることは許されない。この書が皆の目に触れ春燕の不貞が疑われることとなれば、彼女は処罰を避けられない。なら、写本を作らず春燕ただひとりに渡す本にすべきかとも考えたが、それはそれで周囲にこの書の存在が知れた時に問題となりそうだ。

考えた末、私は原本をもとに乙女と青年の名前部分を空白にして、好きな名を入れられる仕様のものへ新たに書き直した。

春燕のために書き下ろした物語ではあるが、写本は他の作品同様作ることにする。

それがきっと彼女の身を守ることに繋がるだろうから。

（ともあれ、喜んでくれたようでよかった）


この小説の写本が配布された時の後宮の反響は、これまで以上だった。自身が物語のヒロインになれるというのは、后妃たちにとってかなりの衝撃だったらしい。

そう、これは夢小説。

写本を受け取った人が、銘々《めいめい》自分の名前を空欄に書き込めば、〝あなたのための〟物語の完成だ。

（主人公とイケメンの恋愛模様を、壁になって見守りたいタイプとは別に、自分自身

がヒロインになりたいタイプがいるからね)

夢小説は多くの后妃を虜《とりこ》にした。写本部屋へ侍女に様子を見に行かせ、新作が出る気配があれば、誰よりも早く入手せんとする后妃まで現れた。主の命で、徹夜で写本部屋の前に並ばされる侍女も大勢出たらしい。

困ったことに、騒ぎを聞きつけた勝峰が一度様子を見に来てしまった。かつて御花園で若汐の写本を破り捨てようとした彼のことだ。またも同じものがトラブルのもとになっているとなれば、朱蘭先生の本を求めること自体禁止されてしまうかもしれない。皆は一丸となって誤魔化したらしいのだが。

「翠蘭、流行りものを手に入れるため、侍女たちが徹夜で並んでいると聞いたぞ。その列は建物内に収まらず、外にまで続いているそうだな。夜間に外を出歩く者が増えるのは感心せん。後宮の最高責任者として対処しろ!」

以前から徹夜で並ばされる侍女たちを不憫《ふびん》に思っていたのもあり、私は急いで皇后の名前で徹夜禁止令を出した。この件について、勝峰にこれ以上関心を持たせないためでもあった。徹夜組、だめ絶対。

そんなこんなを乗り越えて、待ちに待った夢小説の新作を手に入れ、自分の名を書き込む后妃たち。理想の男性が、自分に対して甘く切ない言葉を紡ぎ、そしてめくるめく愛の営みに至る様子に、彼女らは陶酔した。

その後、夢女子大量発生で同担拒否の者も出てしまい、いざこざが起きたこともあったようだが、さすがにそこまでは面倒見切れなかった。

「写本を作る部屋、人員を増やした方がよさそうですねぇ。今の人数じゃ、とても追いつきませんよ」

子墨からの進言で人員を増加させた写本部屋は、ちょっとした工房のようになってしまった。

執筆活動に没頭してしばらく引きこもっていた私は、久方ぶりに御花園に足を運ぶことにした。

実のところ、豊栄宮自体かなり敷地面積が広く、中庭もちょっとした運動会ならできる規模なので、引きこもりでもそこまでの閉塞感はない。それに外に出ない限り、数多の妬み嫉《そね》みの視線や悪意に晒されることもない。

けれど、一度御花園に足を踏み入れたら気付いてしまったのだ。定期的に訪れた方が〝朱蘭〟のためになると。

私の生み出す物語の基本は想像だ。けれどそこに一滴の現実を入れることで、ぐっとリアリティが増す。読者の心にも鮮やかな光景を映し出せる。

それには経験が大きく関わってくる。だから私は水辺の空気の匂い、花や葉の色、鳥の声、葉擦れの音、そう言ったものを御花園で頭と心に叩き込んだ。

私の今書く小説の読者は、後宮の后妃たちだ。だから、彼女らが普段見ているものや感じているものは、自分も共有しておきたい。それが共感を生む描写に繋がるのだから。

御花園は私にとって、顔を合わせたくない相手も大勢いる場所だ。だがそれを差し置いても、作家朱蘭としての経験値が積めるありがたい場所だった。

「今日はいつもより奥まで行ってみたい」

「はい、翠蘭様の仰せのままに」

蓮の花を臨む四阿を通り過ぎ、私たちは屋根のついた橋を進む。

時おり遠巻きに私を見ながら、ひそひそ囁き合う一団ともすれ違ったが、私はあえてスルーした。ネット上で創作活動をしていれば、アンチなんて日常茶飯事だ。そんなのに割く時間があれば、私は一文字でも書いていたい。ミュートだ、ブロックだ。

せっかく誰にも邪魔されず執筆できる環境を手に入れたのだから。

池をぐるりと囲むように巡らされている回廊を、私たちは奥へと進んだ。

■□■

「あれは……」

御花園を一望する見晴らしのいい楼閣より、香麗と共に景色を眺めていた勝峰は、回廊を行くカワセミ色の衣に気が付いた。

「翠蘭様。珍しいですわね、あの方がこんなところまで来られるなんて」

「うむ」

勝峰の視線の先で、翠蘭は目を輝かせ笑っていた。青々とした葉に鼻を寄せ、小鳥のさえずりに耳を傾け、興味深そうに手すりに触れて。

「何をやっておるのだ、あやつは」

勝峰が口元を緩ませる。石段を下り、水に手を浸す翠蘭を目にした途端、勝峰は窓から僅かに身を乗り出した。

「この間のように落ちるなよ。ここからでは助けに行けんぞ」

「陛下」

香麗の少し固い声に、勝峰は振り返る。絹扇の向こうから、愁いを含んだ瞳が拗《す》ねたように勝峰を見つめていた。

「なんだ、香麗」

香麗は勝峰に身を寄せると、その広い胸に頬ずりした。

「嫌です、私以外の女を見ては」

「…………」

「わかっておりますわ、私にとって愛するお方は陛下ただおひとり。けれど陛下には私以外にも情けを与えるお相手が大勢いらっしゃると」

「香麗」

「ですがここへは、私と過ごすためにいらしたのでしょう？　今は私だけを見てくださいまし」

すり寄る香麗を好きにさせ、勝峰は再び窓の外へ目をやる。翠蘭が水辺を離れ、侍女たちと共に別の場所へと移動するのを見て、ほっと息をついた。

「……あやつめ、最近変わったな」

勝峰の声にほんのりと柔らかさが混じったのを感じ取り、香麗はキリッと下唇を噛んだ。

■□■

回廊の三差路になったところへ差しかかった時だった。

「翠蘭様、お止まりください！」

若汐の鋭い声に、おしゃべりしながら歩いていた私は足を止める。見れば行く手を阻むように、潰れた果物がいくつも落ちていた。

（うわ！　ゴミ集積所でカラスが荒らした跡みたい！）

「なんてことでしょう」

仙月たちは顔をしかめ、袖で鼻を覆う。

「下女たちに掃除をさせなくては」

「でも、なぜこんなところにこのようなものが」

「もしや、嫌がらせ……」

言いかけて紅花が慌てて口を噤む。うん、聞こえちゃったけどね。嫌がらせなのかなぁ、視界の端でコソコソしていた誰かかな。

「翠蘭様、すぐに係の者に片づけさせます。それまでそちらの長椅《ベンチ》でお休みになっていてください」

「うん」

私は回廊の中に設置された長椅へ腰かける。数名の侍女がもと来た道を戻ってゆくのを見送り、私はひとつため息をついた。

（嫌なことする人がいるなぁ……）

気が滅入りそうになり、慌ててその考えを絹扇で振り払う。

（いや、でも嫌がらせにしてはちょっと生ぬるいよね。よく見れば新鮮な果物がつぶれて落ちているだけだし。本気で嫌がらせをする気なら、もっとこう、カラスの死骸《しがい》なんかを置くんじゃないかな？　……うわ、エグ。リアルに想像しちゃった）

その時、視界の端に不審な動きをしている人物が映った。

（なんだろう？）

三差路の、脇道へ逸れる通路の先には東妃苑へ繋がる門がある。そこでひとりの少女が向こう側を困った様子でうかがっていた。

（あの服装は世婦かな）

世婦とは后妃の階級のひとつで、四妃十八嬪より下の位だ。婕妤《しょうよ》・美人《びじん》・才人《さいじん》とさらに三つに分かれ、それぞれ九人を上限としている。

「何してるの？」

近寄った私に、少女はビクンと飛び上がる。少女は私を上から下まで眺め、『誰？』という顔つきをした。どうやら私が皇后であることに気付いていないようだ。ならわざわざ身分を主張する必要はないだろう。

彼女は自らを郁梓萱《ユウズーシュエン》と名乗った。才人らしい。

「落としてしまったんです、果物を」

「果物？」

「御花園で池を眺めながら食べようと思って。でも転んで全部潰してしまって」

（って、さっきのあれのこと⁉）

先ほど見た、回廊の途中でぐちゃぐちゃに潰れていた果物。あれは彼女の粗相の産物だったのだ。よかった、嫌がらせをする悪い人はいなかった。

「片づけなきゃと思ったんだけど、侍女たちの目を盗んでこっそり抜け出してきちゃったから、どうしていいかわからなくて……」

それで門のところで、まごまごしていたわけか。見たところ、仕草も見た目も洗練されておらず、後宮に入って日が浅そうだ。

「そんなに怯えなくても、言えば皆助けてくれるよ」

「でも……。今、柳《リウ》さんと顔を合わせたくない」

「柳？」

「私付きの宦官の……」

それだけ言うと、彼女の目にみるみる涙が膨れ上がった。

（えっ、何？）

梓萱は、目元をごしごしと擦ると、小さな声で言った。

「振られちゃった」

「ふっ⁉」

とんでもないことを聞いてしまった。振られた、つまり告白したということか。皇帝の愛妾として後宮へ来た身であるにもかかわらず、宦官に。

「それ、他の人の前では絶対に話しちゃだめだよ⁉」

「いいの、私なんてどうなったって！」

辺りを見回し焦る私へ、梓萱は駄々っ子のようにかぶりを振る。

「だからひとりでやけ食いしようと思って飛び出したのに、転んで果物台無しにしちゃって最悪！　もうやだぁ！」

「お、落ち着いて！」

梓萱は堰を切ったように、わんわんと泣きだす。

「何が、『私は出世がしたいので、その気持ちは皇帝陛下へ』よ！　何が『あなたの気持ちが周りに知れると、自分も処刑されるので迷惑です』よ！　ひどい！」声のトーン下げて！　それマジだから！　性質《たち》の悪いのに知られたら、本当に宦官ともども処されちゃうって！

「一目惚れだったのに……」

大きな目から大粒の涙が絶え間なくこぼれ落ちる。

「後宮に入れば、柳さんとずっと一緒にいられるって聞いたから、ここへ来たのに」

そんな理由で来ちゃったか。彼女は後宮がどういう場所か、十分に理解していなかったようだ。

その時だった。

「梓萱様！」

彼女を呼ぶ声に私たちは目を上げる。門から宦官がひとり、侍女がふたり駆け付けてくるのが見えた。恐らく彼らが、梓萱付きの者だろう。とすれば、あの先頭を走ってくる眼鏡をかけた真面目そうな宦官が柳だろうか。眼鏡キャラでもアキツと違って、ひょろっとしている。

宦官は私のカワセミ色の衣に気付くと顔を引きつらせ、勢いよくスライディング土下座をした。

「こここ、皇后陛下！」

（うぉ？）

宦官の言葉に、梓萱は目をぱちくりさせる。

「え、こうご……」

「梓萱様が何か失礼をしでかしましたでしょうか？　本当に申し訳ございません！」

「や、別に……」

「申し訳ございません！　梓萱様はまだ後宮入りして日が浅く、何事にも不勉強でして！　どうかご容赦を！　何とぞ！　罰なら私が代わってお受けいたします！」

足元で勢いよく地に額を擦り付ける宦官の姿に、梓萱も何か察したのだろう。その顔がスーッと青ざめる。

「大丈夫だよ、顔を上げて。梓萱から失礼なんてされてないし、それに」

私は梓萱へ目をやる。

「特に何も聞かされてないから」

「……！」

騒ぎを聞きつけ、仙月たちが駆け付けてくる。

「翠蘭様、いつの間にこちらへ。この者たちが何か？」

「ん？　ちょっと梓萱とお話してただけ。あ、そうそう」

私は柳を振り返り、潰れた果物のあった場所を指差す。

「ほら、あそこ。彼女がうっかり汚してしまったんだって。片づけをお願いできる？」

「かしこまりました！」

柳は侍女たちを指揮し、掃除を始める。まだ呆然と立ちすくんでいる梓萱に手を振り、私はその場を後にした。

「ねぇ。後宮の人が宦官を好きになることってある？」

豊栄宮に戻って一息ついた後、私は侍女たちに問いかけた。

「そうですね、時々聞きます」

おずおずと答えた紅花に続き、若汐も頷く。

「侍女たちの間ではたまに。後宮には男がいないから、ついそんな気持ちになっちゃうのかもです」

あー、女子高における男性教師的な存在かな？

「官女の中には、宦官と結婚している者もおりますよ」

仙月の言葉に、私は驚く。

「えっ、結婚？」

「はい。あくまでも秘密裏にですが。中には複数の妻を迎えている宦官もおります」

恐るべし、宦官の世界。

「官女のみ？　後宮の后妃たちが宦官と結婚することはある？」

梓萱の願いを叶えられないかと、少し希望を持っての質問だったが。

「それは許されないことでございます」

「そっか」

すげなく打ち払われてしまった。

「ねぇねぇ」

気を取り直し、私は若い侍女たちへ問いかける。

「じゃあ、皆から見て子墨はどんな感じ？　やっぱり素敵な男性？」

「ん～……」

彼女らは困ったように曖昧《あいまい》に笑う。

「何、その微妙な反応」

私の問いかけに、紅花は仲間たちを振り返った。

「だって、子墨さんは……」

「綺麗すぎて、男って感じがしないというか」

「というか、人間って感じでもないというか」

「わかる～」

年若い侍女たちは顔を見合わせキャッキャと盛り上がる。そこにぬっと子墨が姿を現した。

「聞こえてるぞぉ」

彼の登場に、彼女らは笑いながら悲鳴を上げる。しかし子墨、神出鬼没である。

「子墨は、後宮で誰かに告白されたことある？」

私の不躾《ぶしつけ》な問いに、子墨は当然といった風に頷く。

「えぇ、ありますねぇ。宦官の仲間から」

想像してたのと違った。

「あっ、私、噂《うわさ》で聞きました」

目を輝かせながら、若汐が手を挙げる。

「子墨さん、強引に想いを遂げようとした複数の宦官を、全員容赦なく地面に叩き付けたって」

他の者も、聞いた聞いたと頷き合っている。

「子墨、その話本当?」

「えぇ。同意もなく襲いかかってきましたのでボコボコにしておきました。あれから二度と近づいてこなくなりましたねぇ」

「怪我しなかった?」

「ボクですよ? 圧倒的勝利です」

余裕の笑みを浮かべているが、やはり心配にはなる。

「次に何かあったら相談してね。私はこれでもあなたの主なんだから」

私の言葉に子墨はやや驚いたように目を見張り、そして嫣然《えんぜん》と笑った。

侍女たちが仕事に戻りひとりきりになると、私の頭には梓萱のことが蘇ってきた。

(告白して、振られたかぁ……)

彼女は可愛らしい顔立ちだが、雰囲気は素朴だった。恐らく庶民の出であろう。宮廷からの使者である宦官の柳が、洗練された男性に見えたのかもしれない。

(告白した彼女に対しての言葉は『出世したいから、皇帝を愛するように』、そして『周囲に知れれば処刑されるから迷惑』と)

梓萱が語った内容からは、ひどく素っ気ない印象が伝わってきたけれど。

——罰なら私が代わってお受けいたします!

あの言葉が、なんとも思っていない人の口から出るだろうか。あそこまで必死な顔をするだろうか。

(ひょっとすると、柳も梓萱を憎からず思っている? でも立場上、それは許されない……)

先ほどの仙月の言葉を思い出す。

(宦官と官女の結婚はあるけど、后妃とはない、か……)

物語の中だけでも、梓萱に想いを遂げさせてあげたいが、どうすれば……。

(そうだ……!)

ひとつのアイデアが頭に浮かぶ。結ばれなくともイチャコラできる関係。私は筆を取り、書き始めた。

■□■

その艶本が梓萱のもとへ届いたのは、機織りの仕事が一区切りついた時だった。

「何、これ？」

「少し前から、後宮で話題の艶本でございます。梓萱様が申請なさったのでは？」

「……したっけ？」

梓萱は首を捻りながら頁をめくる。

（変なの。主人公の名前の部分が空白になってる……）

物語は、宦官がひとりの少女を迎えに来たところから始まっていた。

（柳さんとの出会い、こんな感じだったなぁ）

慣れない後宮生活に少女は苦労する。しかし宦官が献身的に支えてくれるおかげで、少女は一歩、また一歩と頑張ることができた。

（わかる……）

宦官の手引きで、ヒロインは少しずつ後宮に馴染んでいく。やがて物語の中のふたりは、密やかに心惹かれ合っていった。

（いいなぁ、この主人公は。でも、宦官との恋なんて成就するわけないよね）

そうは思いつつも、梓萱は物語から目が離せない。ここに描かれた宦官の性格が、柳にとても似ていたからだ。

(こんな台詞、絶対に言われないだろうけど、柳さんに言ってもらえている気がする……)

どきどきと胸を高鳴らせながら、梓萱は物語を読み進める。だが、中盤を過ぎる頃から、梓萱は落ち着きをなくしてしまった。

(えっ、えっ、待って？　これ、大丈夫？)

書を胸にきつく抱き、辺りを見回し誰もいないことを確認する。その頬は真っ赤に染まっていた。

ひとつ深呼吸して、梓萱は再び読み始める。

そこに描かれていたのは、宦官による〝恋のレッスン〟だった。互いに惹かれ合い、しかし結ばれないふたりが、〝いつか皇帝に最高の主人公を見てもらうために〟との名目で、幾度も甘く触れ合い、愛を交わし合う。あくまでも、〝その日〟のための〝練習〟として。

(うわ、うわ、うわぁあああ!!)

いつしか梓萱の目には、空白部分に自分と柳の名前が浮かんで見えていた。

初心な梓萱には刺激が強いのか、たまに頁を開いたまま膝に伏せてしまう。それでも速まる呼吸を整えながら、梓萱は最後まで読み切ってしまった。

（はぁあぁあ〜っ……）

頬は燃えるように熱い。鼓動はこれまでになく速く、体ごと脈打っているようだった。

（男の人と付き合うって、こういうことなの？）

読み終えても、頭の中では柳の艶めかしい仕草や表情が再現されてしまう。

（無理無理無理！　私には、こんなのまだ早いかも）

恋に恋する乙女であった梓萱は、書架の奥へと艶本を押し込んでしまった。

その後もたびたび引っ張り出して読むこととなるのだが。

■□■

宦官による后妃への〝恋のレッスンもの〟は、またしても後宮で好評を博した。

あくまでもこの小説で描いたのは〝レッスン〟であり、結ばれぬ未来を知りながら交わす刹那的な愛の交歓だ。いずれ皇帝に捧げるため、というのが大前提であるため、罪悪感をそれほど覚えず読めてしまうのがよかったらしい。

実際のところ、皇帝から愛を向けられぬ代わりに、身近な男性である宦官へ密かに心揺らしてしまう后妃は思いの外多かったようだ。それらの感想は、多くのファンレターとなって私のもとへ届いた。

「梓萱、今頃どうしてるかなぁ」

一番知りたいのは彼女の反応だが、さすがに聞きに行くわけにもいかない。

「そうそう、翠蘭様。ボクの下に、柳ってのがいるんですけど」

(柳!)

訳知り顔で、子墨は笑う。

「担当の才人が落ち着いてくれたのは嬉しいけど、少し距離を置かれるようになってちょっと寂しい、みたいなこと言ってましたね。どういう意味なんでしょうねぇ?」

「ふふっ」

振られて自棄《やけ》になり大声で喚いていた彼女の姿を思い出す。

(落ち着いてくれたのなら、まぁ、成功かな)

■□■

「まぁ、これが……」

艶本の評判は、ついに皇帝の最愛の寵姫香麗のもとへ届いた。

「これが最近話題の、朱蘭先生の艶本なのね」

形のよい唇が弓形になる。

「陛下に相手にされない后妃たちが、こぞって買い求めて読んでいるなんて。ふふ、陛下に愛されている私には、こんなものを読む暇なんてなかったけれど」

侍女たちに聞かせるように言って、香麗は桜色の指先で頁をめくる。だが読み進め、物語が佳境に至ると小さく息を呑んだ。そこには甘くとろけるような愛の世界が描かれていた。

「まぁ、なんて……」

夢中になって読み終え、ほぅ、と香麗は満足げに息をつく。そんな主に、侍女の可晴《クーチン》が耳打ちした。

「あくまでも噂でございますが、この艶本を書いたのは翠蘭様というお話も」

「なんですって!?」

香麗は思わず立ち上がる。

「これが、こんな……」

もう一度頁を開く。そこにはめくるめく愛の理想が描かれている。

「陛下に愛されていない女に、書けるはずがないわ！」

「はい、もちろんでございます。そのようなくだらない噂、皆、一笑に付しております」

茶几《サイドテーブル》には、あと二冊の書が残されていた。

「あんな女に、恋物語なんて……」

面白くない気持ちを抱えたまま、香麗は次の本を手に取る。そして読み進めていくうち、またしてもそこに描かれた世界に夢中になってしまった。

「くっ……」

最後の一冊を手に取る。

「あら、これは？　ずいぶんと空白が多いようだけど」

「それは、陛下に相手にされぬ寂しい女どもが、自らの名を書き込んで満足するものらしいです。空想の男と恋愛したつもりになっても、侘《わび》しいだけでしょうに」

嘲《あざけ》り笑う可晴とは裏腹に、香麗は考え込むような表情を浮かべていた。

第六話　皇帝勝峰の変化

それはある日の昼下がり。

「失礼いたしますわ」

突然の香麗の訪問に、私たちは慌てた。

「しゃ、香麗様！　お越しになるなら事前にご一報くださるのが慣例でございましょう」

仙月が足止めしている隙に、私はまさに今書いていた夢小説を片付けようとする。

だが、黒々と墨の乗っているそれを移動させるのは容易なことではない。

「香麗様！」

「少々お待ちを！」

仙月を突破して部屋に上がり込んできた香麗を、紅花や若汐たち侍女も止めようとするが、それもあえなく抜き去られる。なんなの、バスケ選手か何か？

「……噂は本当でしたのね」

「う、噂？」

未だ墨の乾かぬ紙に覆いかぶさることもできず固まっている私に、香麗はにんまりと目を細める。

「朱蘭先生？」

（なんでぇえ～!!）

噂って何？　どうしてそんな話が広まってるの？　どこでいつバレた⁉

仙月の様子をそっとうかがう。

――翠蘭様が書かれていると、決して口外しないと約束していただけるのであれば。

そう言っていた彼女は、明らかに怒っていた。

（ごめん！　いや、だってこれは不可抗りょ……）

「朱蘭先生から直接書を受け取れる人物が、周子墨ただひとりであること。そして翠蘭様お付きの侍女頭仙月さんが、頻繁に写本部屋に顔を出していることから、そんな噂が立ったようですわ」

（いや、アンタも原因やん!!）

仙月は気まずげに目を逸らした。彼女の生真面目さが仇《あだ》になってしまったようだ。

「信憑性《しんぴょうせい》の薄い噂だと、皆、一笑に付しておりましたのよ？　でも、まさか事実だったとは」

「そ、それで？」

私は恐る恐る彼女に聞く。

やっぱり皇后が艶本を執筆してたのはまずかっただろうか。うん、まずいよね。普通に考えてちょっと非常識だよね。

「香麗は、ここへ何をしに？」

彼女は皇后に次ぐ地位の貴妃だ。しかも小耳に挟んだところによれば、慶の王家の血を引いているらしい。ただし翠蘭が本家筋なのに対し、傍系だそうだが。

香麗は自らが頂点の座に就くため、これをネタに私を廃しに来たのだろうか。そう思い身構えたのだが、彼女の口から出たのは意外な言葉だった。

「……私にも一作、書いていただけません？　朱蘭先生」

（へ？）

ぽかんとしている私に、香麗は少し顔を赤らめ、怒ったように言う。

「聞くところによれば、皆の理想の男性像を作品の中に生かしているというではありませんか！」

あぁ、うん。ファンレターでリクエストがあれば、たまに応えてるけど。

「なら、私の理想の男性を書いてくださってもいいでしょう？」

「……執筆の依頼、てこと？」

「それ以外のなんだというのです！」

言って、彼女は書を取り出した。朱蘭先生の写本だった。

「私も理想の男性から、物語の中だけでもこんな風に甘やかされたいと思いましたの」

ツンケンとした口調だが、悪意は感じない。

（敵、じゃない？）

「書いてくださらないなら、朱蘭先生の正体を皆にばらしますわよ！」

（いや、敵かな？）

私は紅花にお茶を用意するように伝える。

「了解。じゃあ、書いてほしい理想の男性像を教えてもらえる？」

メモを取る準備をした私に、香麗は驚いたように目を見開いた。

「書いてくださるの？」

「……脅されちゃったからね」

私が苦笑いすると、香麗は嬉々《きき》として語りだした。

「ええと、権力者でとっても自信家なんですの！　逆らえる者は誰もおらず、少し傲慢だけれど女主人公にはとても甘くて一途で……」

（ふんふん、俺様系ってやつね）

「それって……」

若汐が首をかしげる。

「皇帝陛下そのものですよね？」

（え？）

香麗は見る間に顔を赤くする。

「え？　これ、勝峰の特徴なの？」

「そ、そうですわ！　そんなのすぐに気付くことでしょう？」

私はメモに目を落とす。

（権力者で自信家で傲慢、あたりはわかるとして。甘くて一途……？）

五十人もの后妃を抱えている人間を、果たして一途と言っていいものだろうか。

（実際のところ、香麗以外のところに通っていないって聞くから一途なのかな。でも、甘い？）

蓮の池での出来事が、ふと脳裏に蘇る。

（……優しくは、あるのかも。あ、そういえばまだお礼言えてない）

目を上げれば、香麗は頬を染めたまま訴えるような眼差しをこちらに向けている。

普段の取りすました仮面をはずした彼女は、やや幼く見えた。

「でも、勝峰が理想なら、香麗が直接〝こうしてほしい〟って言えばいいんじゃない？　こんな作り話で補完しなくても。香麗の願いなら、あの人は全部叶えてくれるでしょ？」

香麗は少しふくれて下を向く。そして人払いをするよう求めた。

ふたりきりになると、彼女は意を決したように私に向き直った。

「私の望みを叶えてなんてくれませんわ。陛下は。だって私まだ、陛下に……、きちんと寵をいただいておりませんもの」

「？　寵は、いただいてるよね？　一番愛されてるよね？」

「そうじゃなくて！」

香麗の目に切なさが滲んだ。

「陛下と私は、男女の仲にまだなっておりませんの」

はぁあぁ～っ、嘘でしょ⁉

「何やってんの、勝峰！」

「しっ、大声を出さないでくださいまし！」

香麗の華奢な手が私の口を覆う。

「だって、おかしいでしょ？　後宮って、皇帝の血筋を絶やさないための場所だよね？　一番の寵姫に手を出してないって、どういうことなの？」

「そんなの……」

こちらを軽く睨む。

「あなたには教えませんわ」

（そんなぁ）

お茶を一口すすり、香麗は言葉を続ける。

「朱蘭先生の本、読みましたわ。いくつか」

「あ、ありがとうございます」

　私は背筋を伸ばし、彼女に頭を下げる。香麗は膝の上で両手をきゅっと握りしめ、微かに震える声で先を続けた。

「あなたの描く恋模様は、胸が苦しくなるほど素敵なんですの。それは現実の陛下の口からは出てこない言葉で……。だから物語の中だけでも、陛下から甘く囁かれたいと思いましたのよ！　空想の世界で抱かれたいと思いましたのよ！　いけません？」

「……そうなんだ」

　むきになる香麗の姿は、切ない恋に身を焦がすひとりの乙女だった。私の書いた物語が、恋愛の達人に見えた彼女の心をここまで震わせたと知り嬉しくなる。

「いけなくないよ。乙女ゲープレイヤーには既婚者も多いからね」

「オトメゲー？　プレ？」

「なんでもない。創作物と現実は別腹って話。それにしても、ふふ。香麗は本当に勝峰のこと好きなんだね」

「あなただってそうでしょう？」

　香麗は怪訝そうに言う。

「陛下は国一番の、最高の殿方ですのよ？」

「私は……」

　伝わるかどうかわからないけど、香麗になら話してもいい気がした。

「現実の男が、怖いんだ」

香麗が驚きに目を見張る。

「嘘でしょう？　あんなに甘美で濃密な恋物語を描いているのに」

「作り物の、物語の中の男性にしか恋ができない。生身の男には恐怖を感じる。そんな人間もいるんだよ」

私の言葉に、彼女は理解ができないという風に、小さく首を横に振った。

「意味わからないよね。でも、香麗が陛下を引きつけてくれているの、正直助かってるんだ」

「……おかしなお方」

香麗は、ふっと表情を和らげる。

「では、私が陛下の寵を独り占めしても、文句はないということですのね？」

「他の后妃の手前ひとり占めはどうかと思うけど、少なくとも私のところへ来ない件については問題ないよ。むしろありがたいくらい」

彼女は目元を柔らかに細めた。

「なら、私たちがいがみ合う必要は全くないということですのね」

「そうなるね」

香麗は茶杯を手に取ると、くいっと飲み干す。

「ご馳走様。では、小説の件、お願いいたしますわよ」

「はい、リク受け付けました」

「リク？」

「なんでもない」

■□■

数日後、香麗のもとへ〝朱蘭先生〟の新作が届けられた。

「あら？」

今作の恋の相手の男の名は空白にはなっておらず、〝峰風《フォンファン》〟と名がつけられていた。

それは皇帝勝峰の名を連想させるものではあったが。

男の名前部分を空白にすれば、そこに皇帝の名を書き込む者が現れる。そうなれば見つかった時に、艶本に皇帝の名を入れた不届き者と罰せられるかもしれない。この登場人物は皇帝を彷彿とさせるからこそ危険。そう考えての判断だった。

「まぁ、かまいませんわ」

香麗は空白に自分の名を書き込むと、読み始める。

「ふふ……」

名前こそ違えど、物語に描かれている青年の振る舞いは、皇帝・勝峰そのものだ。だが彼の口から出てくるのは、恋物語ゆえの甘く心を疼《うず》かせる台詞。香麗は夢中になって読みふけっていた。勝峰が部屋を訪れたことに、全く気付かずに。

「何をしておる」

突如すぐそばから聞こえてきた勝峰の低い声に、香麗は飛び上がる。

「きゃあ！」

「この俺が幾度も名を呼んでおるのに、聞こえなかったか」

「も、申し訳ございません、陛下」

慌てて隠そうとする本を、勝峰はさっと取り上げる。内容に目を走らせ、彼は眉を吊り上げた。

「なんだこれは」

そこには香麗と傲岸不遜な男峰風との、甘く淫靡《いんび》な恋物語が描かれていた。

「なんと不届きな書だ！　お前を登場させ、あまつさえ淫《みだ》らな女であるかのように描きおって」

勝峰の怒気のこもった声に、香麗は身をすくめる。

「あ、あのっ、陛下……」

「香麗、お前もお前だ！　これはお前の品位や評判を貶める内容なのだぞ？　このようにこけにされて、嬉しそうに読むとは嘆かわしい。　だいたい艶本に夢中になるなど、はしたないことだとは思わんか」

これまで向けられたことのない勝峰の険しい表情に、香麗はうろたえる。

「こんなもの」

勝峰は書の両端を掴み、引き裂こうとした。香麗は小さく悲鳴を上げ、慌ててその手に取りすがる。

「なぜ止める？」

「ち、違うのです。それは私を貶めるものではなく、私がある方に頼んで書いていただいたものなのです！」

「書かせた？」

手を止めた勝峰へ、香麗はこくこくと頷く。

「はい。陛下と私との恋物語がどうしても読みたくて」

「俺とお前の？　相手の名が〝峰風〟となっているが」

「それは陛下のお名前をそのまま記しては、不敬に当たるからでございましょう」

「ふん」

勝峰はパラパラと内容に目を通す。

「だがお前の名はそのままだ。十分に不敬と言えよう。これを書いた者を捨ておくわけにはいかん、……誰だ」

「えっ？」

香麗の顎に勝峰の指がかかる。強引に顎を持ち上げられ、香麗の瞳は勝峰の視線を正面から受け止めた。

「頼んで書かせたのだろう。なら、これを書いた者を知っているはずだ。誰だ」

勝峰の瞳の中に映る自分の姿に、香麗はやりきれない思いを抱く。こんなにも見つめ合いながら、彼の関心の先は自分ではないのだ。

「これを書いた者の名を申せ」

重ねて問われ、香麗は観念する。ひとつ息をつくと睫毛を伏せ、震える声で返した。

「翠蘭様でございます」

「何⁉」

勝峰はもう一度、書に目を通す。そして眉根をしかめた。

「これを、翠蘭が……？」

皇帝勝峰の前へ、太監の手により集められた艶本が積み上げられた。

「こんなに書いておるのか……」

それらを眺め、皇帝は呆れる。

香麗のもとで〝朱蘭先生〟による小説の存在を知ってから、数日が経過していた。

「中でも峰風なる人物を描いたものは特に後宮で人気らしく、尚寝局への申請が殺到している次第でございます」

太監の言葉に複雑な表情を浮かべながらも、勝峰は一冊を手に取る。

あれからも香麗の部屋を訪れると、いつも彼女は書を手にしている。勝峰に気付くと慌てて片づけ駆け寄ってくるが、その頬は薄紅色に染まりとても艶めかしかった。

まるでたった今まで、恋する相手と甘い時を過ごしていたかのように。

「ふん、こんなものが」

つまらなさそうに鼻を鳴らしながら文字を辿る。どうせ翠蘭の好むものとよく似た、薄っぺらい内容の色恋小説だろう、と。

だが間もなく勝峰は物語に引き込まれてしまった。細やかな心理描写、深い知性に知識、機転の利いた発想、鋭い人間観察、そして情熱的な愛の表現――。

(これをあの翠蘭が書いたというのか……)

先代の取り決めによって自動的に皇后となった女。しかし国を率いる皇帝の相棒《パートナー》としては、自覚も実力も人徳も欠けていた。

勝峰の知る翠蘭とは、ただ砂糖菓子のように甘くフワフワとした恋愛だけを夢見る、頼りない存在だった。それは〝皇后は国の女の頂点たれ〟と願う勝峰を、大いに失望させていた。

(まさか彼女の中に、これだけのものが潜んでいたとは……)

小説に登場する峰風なる人物は、比類なき極上の男として描かれている。

「……これが、俺か」

自分を模して描かれた人物であると、香麗は言っていた。そして今、この小説が後宮中の女たちの心を虜にしているらしい。

(……あやつの目には、俺がこう映っているのだな)

勝峰の口端が上がる。翠蘭が皇后として十分な資質の持ち主であることに喜びを覚えていた。そして自身に対しては、深く激しい愛情を秘めていたのだと。

高揚する気持ちを抑えきれず勝峰は立ち上がり、部屋を後にする。

「陛下、どちらへ」

「うむ」

嬉しさをこらえきれず緩む口元を手の甲で隠しながら、勝峰は答える。

「たまには皇后の様子も見に行ってやらねばと思ってな」

■□■

「翠蘭様、皇帝陛下がお見えになりました」

仙月の言葉に、のんびり月を眺めつつ妄想を巡らせていた私はぎょっとなった。

(勝峰が⁉　こんな時刻に何しに？)

これまで完全に無視されていたため、皇帝を迎える正室のマナーがわからない。うろたえているうちに、勝峰は部屋に入ってきてしまった。

「えぇと、ほ、本日はお日柄もよく？　よくぞお越しくださいまし、た？」

「あぁ、堅苦しい挨拶は不要だ。我々は夫婦ではないか」

(はい？)

勝峰は私の横を通り抜けると、牀《ながいす》にどっかと腰を下ろす。なぜかとても上機嫌で。

「仙月、茶を持て」

「かしこまりました」

(えぇ～……)

仙月が一礼して私たちの前から去ると、勝峰は自信たっぷりに笑ってこちらへ手招きする。私がおずおず近づくと手首を掴んで引き寄せ、強引に自分の隣へと座らせた。

(ひぇ)

「お茶をお持ちいたしました」

「うむ。では下がれ」

紅花をはじめとした侍女たちも、こちらへ一礼を残し部屋を出ていく。仙月など去り際に温かな視線を残していった。『よかったですわね』とでも言わんばかりの。

(ちょっと待って!? 勝峰とふたりきりになっちゃう!)

夜に男とふたりきり、その関係は〝夫婦〟。そして〝夫婦〟とはいえ、今の私にとってはほぼ接点のない赤の他人。どっと不安が押し寄せてきた。

(だ、大丈夫だよね?)

私は汗ばむ手を膝の上できゅっと握りしめる。

(勝峰は香麗に夢中で、翠蘭のことなんて鼻もひっかけない感じだったよね? 私のこと、そんな対象に見てない人だよね?)

「翠蘭」

「ひゃいっ!?」

息もかかるほど、勝峰は私に顔を寄せてきた。間近で見ても勝峰の造形は完璧に整っている。まるで芸術品のようだ。自信に満ち溢れた菫色の双眸からは、強い雄の気配が伝わってくる。その艶やかな口元に浮かぶ笑みからは、昂然《こうぜん》たるものが感じ取れた。

「翠蘭よ。俺はお前をつまらぬ女だとばかり思っていたが、認識を改めねばなるまいな」

（いきなり失礼だな）

そう思ったが、当然口には出せやしない。私は言葉を呑み込み、引きつった笑みを返す。すると勝峰は、懐から何やら取り出した。

（ぎゃーーー!!）

それは私が香麗から依頼を受けて書いた、勝峰イメージのキャラクター〝峰風〟が登場する小説だった。しかも勝峰が手にしているのは、よりによって濃厚なR－18作品だ。

（まずい……！）

かつて私の書いた恋愛小説を嗤った男子たちを思い出し、血の気が引く。焦って口をパクパクさせる私を見て、勝峰は満足げに笑う。

「やはり、お前がこれを書いたという話は本当だったのだな？」

「ち、違いましゅ、よ？」

動揺のあまり、噛んでしまう。

「誤魔化すな」

勝峰の手が私の肩にかかり、より一層引き寄せられる。麝香《じゃこう》のいい匂いがした。だが、怖い。

長い睫毛の向こうから、菫色の目が私を覗き込む。その眼差しはとても柔らかい。

「読んだぞ」

「ソウデスカ」

普段より甘さの混じった低い声が、私の耳朶《じだ》をなぶる。

「この物語には、お前の気持ちが詰まっていると、俺は受け止めた」

「？　ソウデスネ」

当然だ、これは私の生み出した子《さくひん》なのだから、愛は詰めまくっている。

（でもキモいですよね？　オタクの妄想ヤバいですよね？　すみません、気持ち悪いもの書いてすみません！）

だが勝峰は蠱惑的《こわくてき》に笑うと、書を私の胸元にそっと突きつける。

「この書の中の峰風という男、俺を模して書いたものらしいな？」

（う、うぅ……）

それが香麗からのリクエストだからだ。実のところ、私は勝峰とほぼ接点がなく本人の性格を掴み損ねていたため、彼をモデルに書いた実感はあまりない。香麗の語る勝峰像に、私の記憶の中の数多の俺様キャラ要素を重ねて作り上げたのが、峰風というキャラクターだ。

「俺も読んでみたが、峰風はとても素晴らしい男として描かれていた」

(え?)

勝峰の反応を、少し意外に感じる。男の人とは、私のような女オタクが書いた作品など馬鹿にするものと思っていたけれど。

「……あ、ありがとうございます」

(そっか。自分をモデルにしたキャラが魅力的に書かれていたから、ご機嫌で感想を伝えに来たってことかな)

自信家で強くてカリスマ性溢れる、ちょっと強引で最高にセクシーな存在を意識して書いたキャラクター峰風。実はこれまで書いた小説の中でも、峰風の物語は後宮で特に評判が高い。なんだかんだで、勝峰のようなタイプは彼女らの好みなのだろう。

(なんだ、それだけか)

実在の人物をもとにした作品は、名誉棄損だのなんだのとトラブルになりやすい。けれど、今作においては、本人が気をよくしているようだ。官能小説だけど。

ほっと息をついた時だった。

「……お前の内なる想い、確かに受け取った」

んん?

「お前の俺に対する熱烈な愛情、そして深く甘い欲望、それらに俺は今宵応えよう」

(はぁあ〜っ!?)

ぐいと体重をかけられ、そのまま牀へと押し倒される。

「ちょ、ま!?」

「どうした？　お前の書いた物語の中で、男はこう振る舞っていたはずだが」

確かに私はこれを書く際、自身が熱烈な恋愛をしている妄想を働かせつつ、筆を走らせた。だが、相手はあくまでも創作上のキャラクター〝峰風〟であり、勝峰本人にこうされたいなんて思ってもいなかった。

（どうしよう……）

胸を押し返して逃れようとしたが、手首を掴まれバンザイの姿勢で磔《はりつけ》にされる。

勝峰が全身に纏う、創作を超える生身の雄の色香。それが手の拘束以上に私を圧倒する。

「『抵抗を試みるも逞しい腕に捕らえられ、猛獣の牙の前の獲物の気持ちを味わう』だったか？」

（内容を暗唱するな！　あと、手首痛い！）

膝を勢いよく立てれば、この傲慢男の股間を蹴り上げるくらいできるだろうか。

（けど、怒らせるのはまずいよね）

仮にも相手は一国の皇帝。機嫌を損ねて廃位でもさせられれば、私の今の安定した生活は失われる。

（だからといって、小説に書いたようなことを実際にするのは無理！）

「へ、陛下！」

私は聞きかじった、とあるテクニックを思い出す。

「そういえば、香麗は今どうされているのです？」

「香麗？」

「こんなに美しい月夜ですもの。きっと香麗はお部屋でひとり夜空を見上げていらっしゃることでしょうね。香麗のところへ行って差し上げてはいかがですか？　きっと香麗は月の光にも劣らぬまばゆい笑顔で、陛下を迎えることでしょうね」

「………………」

「そういえば香麗は、私の作品にどんな反応をされていました？　実はこの物語、香麗のために書き下ろしたんですよ。香麗の陛下への想いを聞き取り、それをもとに、私が物語として書き上げました。つまり物語の中の峰風という男は、香麗の目に映った陛下のお姿なのですよ。陛下は香麗に心から愛されているのですね」

しつこいくらいに『香麗』の名前をまくしたてる。浮気や不倫をしようとする男には、奥さんの話をガンガンぶつけてやれば萎《な》える、と職場で聞いたことがあるからだ。

立場は逆だが。

効果はそこそこあったようで、勝峰は明らかに苛立った様子を見せ始めた。

（いいぞ、このまま腹を立てて撤退してくれ！）

しかし勝峰はふと何かに気付いた顔つきとなり、嗜虐的な笑みを浮かべる。

「なるほど。いらぬ口を叩く女には、くちづけで黙らせてやればよいのだったな」

「!?」

「これもお前の艶本に書いてあったぞ？」

（おかしな学習しないで！）

「翠蘭……」

不意打ちで耳に届く低く甘い声。本能に直接触れるかのような蠱惑的な声に、背筋が痺れる。

玉面は睫毛が数えられるほど間近に迫り、その吐息が唇をくすぐった。菫色の瞳の奥に、原始の衝動の炎が揺らめく。

「ど、どうして……っ」

金縛りにかけられたような私は、必死に声を絞り出した。

「どうして香麗を、まだ抱いてないの？」

勝峰が小さく息を呑み、動きを止めた。しばしの沈黙。やがてその唇がそっと開く。

「……あれは、俺にとって妹のようなものだ」

（えっ？）

勝峰は静かな面持ちで私を見下ろしている。

「香麗とは幼き頃からの顔なじみでな。当時は病弱で、何かとすぐ熱を出す子どもだった。それが心配で、後宮入りしてからも目の届く場所に置いている。それだけだ」

「何それ……」

私は、狂おしく恋に身を焦がす香麗の姿を思い出す。

「香麗は勝峰のことが本当に好きで、一途に心から慕っていて……」

「わかっている！　だが、こればかりはどうしようもない。香麗は今も俺の中では、ただ庇護すべき子どもなのだ」


――陛下と私は、男女の仲にまだなっておりませんの――


香麗の切なげな横顔が瞼の裏に蘇る。彼女の気持ちを思うと、胸の奥が痛んだ。

「……なら、残酷な真似しないでよ」

私の言葉に、勝峰は怪訝そうに眉をひそめる。

「皇后に次ぐ二番目の地位に就けて、ずっと手元に置いて！　好きな人からそんなことされたら期待しちゃうじゃない。香麗の気持ちに応える気がないのなら、思わせぶりな真似しちゃだめだよ！　どうしてそんなことするの？」

「国を乱さぬためだ」

「!?」

意外すぎる返答に、私は勝峰の顔を見返す。その瞳から欲望の気配は完全に消えていた。

「慶の時代、皇帝と皇后が共に愛妾を作り、国が乱れたことは知っているな」

「えっ？　うん」

私は子墨から教わった内容を思い出す。

「それぞれ競うように愛妾の身内を高い地位に就けたから、まともな判断のできる責任者がいなくなって、大変なことになっちゃったんだよね」

「そうだ。それと同時に起きたのが皇位継承問題だ」

「皇位継承問題？」

「あぁ。皇帝は数多の后妃に子を産ませた。また、皇后も数多の愛人の子を産んだ。結果、皇位争いが起こった。宮廷内はそれぞれ支持する皇子を掲げ、分裂した」

（初耳……）

「俺は、慶の二の舞はごめんだ」

勝峰の口ぶりは真剣そのものだった。

「皇帝と皇后の間に生まれた子を正統なる後継者に据えれば、無駄な悲劇は起きずに済む。故に俺は、お前と子を成すまでは他の女を抱かん。そう決めたのだ」

「…………」

「香麗を常にそばに置いていれば、他の后妃は気後れする。余計な野心を持つ人間が出てくることも防げる。納得したか」

勝峰の瞳は冷たく澄みきっていた。この人にとっては大切にする誰かを選ぶことすら、国の統治の一環に過ぎないのだろうか。

「……それでいいの？」

「何がだ」

「血筋で決めた相手と、国の都合だけを考えた行為。……虚しくない？」

勝峰は苦く笑って睫毛を伏せる。

「それが皇帝の座に就いた俺の責務だからな。だが……」

勝峰の声が微かに和らいだ。双眸からは先ほどまであった冷たさが消えていた。大きな手が、私の左頬にそっと添えられる。

「……今のお前に対して、俺は虚しいなどとは思わん」

(勝峰……)

「時が惜しい。翠蘭、無駄話はもういいな」

再び勝峰が私に迫る。彼の艶やかな黒髪が、窓紗《カーテン》のように私の顔周りへ下りる。

「かつては部屋を訪れるたび、気分が悪いの腹が痛いのと理由をつけ、俺を避け続けていたお前だが」

ん？　どういうこと？　勝峰の心を掴みたくて危険な場所までお参りに行ったほどの翠蘭が、勝峰を避けるなんてことある？

勝峰の瞳に、怪しく強い光が灯った。その奥に野生の色が潜む。

「翠蘭。今宵こそ、共に皇帝と皇后の責務を果たそうではないか」

いやいやいや、待って？　そっちはいい感じに気分が盛り上がってるみたいだけど、こっちはそんなことないからね？　心の準備一切できてないからね？

（自分のペースに相手が必ず合わせると、無邪気に信じるのやめろーー！）

その時だった。

「陛下、こちらにおられますか？」

ふたりの侍女が駆け込んできた。牀に押し倒されている私を見て一瞬ぎょっとなったが、すぐに勝峰に向き直り跪く。

「香麗の侍女どもか。なんの用だ」

（香麗の？）

彼女らは頭を下げたまま、切羽詰まった声で告げる。

「香麗様がお倒れになられました。うわごとのように陛下のお名前を、繰り返しておられます」

「なんだと?」

「お願いでございます、ぜひとも今宵は香麗様のもとへ」

「……わかった」

勝峰が私の上から身を起こす。足早に部屋を出ていく後ろ姿を見送り、私はほっと息をついた。

(助かった……)

「翠蘭様」

ぐったりと牀に倒れ伏した私へ、声が投げかけられる。目を上げれば、声の主は香麗の侍女のひとりだった。

「えぇと……」

「可晴と申します」

可晴と名乗った少女は、私に一礼し言葉を続ける。

「香麗様は仮病を使われました。あなた様のためです」

「えっ?」

「では」

それだけ告げると、可晴はさっさと去ってゆく。

(香麗が……)

どうやって私のピンチに気付いてくれたのかは知らないが、助かった。

(覚えていてくれたんだ、私がリアル男苦手ってことを)

ほー……っと長い息をつく。

(ありがとう、香麗)

■□■

「陛下……」

香麗は駆け付けた勝峰の腕に身を預け、切ない声を上げた。

「申し訳ございません。たったひとり月を見上げていたら、日々変わりゆくその形に、陛下の御心を重ねてしまいまして」

長い睫毛をしばたかせると、その双眸から真珠のような涙がこぼれ落ちた。

「私は陛下なしでは生きられぬ女です。もしも私をお捨てになるのであれば、いっそ今ここで命を断てとおっしゃってください」

「馬鹿な」

縋りついてきた香麗へ、勝峰はただ慈しみの目を向ける。

「くだらぬことを言うな」

「陛下……」

だが香麗を宥めながらも、勝峰の心の奥にはくすぶりが残っていた。

先ほどの翠蘭の、自身から興味を逸らさせようとする、あまりにも露骨な態度。拒絶の意を宿した瞳。国の頂点に立つ男が、それらに気付かぬはずがなかった。

（翠蘭め。俺を想って身を焦がしているだろうと、気持ちを汲んで足を運んでやったというのに、なんだあの態度は。わざとらしく香麗、香麗、香麗と。仮病を使って俺を避けていた時と、変わらぬではないか。思わせぶりな文言を綴っておきながら、あのように拒絶するとは、何を考えているのかさっぱりわからぬ。この俺をからかっているのか？　ふざけおって！　そうだ、あやつを気にかけてやる必要などない。慶の王家の血筋というだけで、皇后の座に就けざるを得なかった女など……）

ふと、翠蘭の書いた文の一節が脳裏をよぎる。そして近頃見た翠蘭の笑顔と、鋭い問いかけと。

（いや、そうではない。俺としたことが豎子《こども》のような駄々を……）

勝峰の胸にあるのは、甘い疼き。

（何を苛立っているのだ、俺は……）

第七話　北方から来た推しに似た人

「え、しばらく峰風の物語はお休みですの？」

「うん、ごめんね」

部屋へ遊びに来た香麗に私は告げる。

「峰風を登場させた作品は、私から勝峰への恋文か何かと勘違いしちゃうみたい。あれ書くと『これがお前の望みか』なんて言ってくるから、怖いんだよね」

「……それがこの間の出来事ですのね」

「うん」

今思えばあれは、イベント会場で絡んでくるヤバいやつの行動だ。いるよね、『これ自分のこと書きましたよね』って絡んでくる人。いや、確かに峰風は、香麗の望む勝峰のイメージを元に書いたキャラなんだけど。おかげで峰風の物語を書こうとするたび、あの夜の出来事がちらついて、没頭して書けなくなってしまったのだ。

「あの日は助かったよ。ありがとう、香麗」

「いえ」

言いながら、香麗はきゅっと唇を噛む。

（複雑だよね）

彼女は本気で勝峰を愛しているのだ。勝峰が私に興味を持ったなんて話、面白いわけがない。

とはいえあの日勝峰が私に絡んできたのは、きっと好意からではない。皇帝としての責務というのがまずひとつ。そして、私の書いた官能小説を読んで気分が高揚した末の暴走だ。

（こんなにも人の欲望を掻き立ててしまった、自分の才能が怖い。言うてる場合か）

自分の書いたものが引き起こしてしまった予想外の事態。そのショックから立ち直るため、私はしばらくの間、自分のためだけに書くことにした。つまりリハビリ執筆だ。

（そうだ！）

『むしがね絵巻』のアキツにハマる前に好きだった作品と推しを思い出す。

（ふふ、こんな時はやっぱ彼しかいないよね！）

もはや十年越しの推し、ゲーム『戦刃幻想譚《せんじんげんそうたん》』のオークウッド中尉。冷静な物腰、シニカルな口調の眼鏡キャラ。体躯はそこまで大柄ではないけれど、引きしまった肉体は獣のように敏捷《びんしょう》だ。隊を指揮する立場にあるが、本人も剣を片手に縦横無尽に戦場を駆け抜け、敵をせん滅する腕を持っている。あだ名は軍神オークウッド！

ちょっと上司に対して盲目的すぎるのが玉に瑕《きず》。

（くっ、改めて思い返すとやっぱりカッコいい！）

心の奥に殿堂入りさせたキャラであるため、同人誌にすることは最近ご無沙汰だった。だが十年間推し続けていた存在ゆえ、想いの濃度はけた違いだ。凹んだ時のメンタルケアは彼でしかなしえない。それにしても私、敏捷な眼鏡キャラ好きだな。アキツにしても、オークウッド中尉にしても。

（よし、どんなネタで書こう）

私は目を閉じ、空想の世界へとダイブする。

（そういえばこの間、夜間に豊栄宮の庭を散歩したの、空気が澄んでて星が綺麗だったな）

頭の中に光景が蘇る。そこに人物が加わり、映画のように映像が流れ始めた。深夜の建物、たまたま目を覚ましてしまったふたり、並んで夜空を見上げて、それから……。

（いける！　いざ書かん、私と中尉の甘くエロやかな物語！）

私は迷わず筆を走らせる。ちなみに原作の中尉の名はタイラー・オークウッドだが、この世界で物語を書くと〝柏泰然《バイタイラン》〟なる名前に変換されてしまった。

（はぁあ～っ、中尉尊い!!　推しと自分とのイチャコラを、気兼ねなく書けるの楽しい!!）

■□■

数日後、後宮は朱蘭先生による新作の話で持ちきりとなった。

「朱蘭先生の新しい艶本、お読みになった？」

「ええ、将軍柏泰然の物語でしょう？　冷静でありながら炎のような熱さで戦場を駆け巡る軍神。その戦の熱を持ち帰った泰然将軍は、猛々しい獣となって朱音《ヂュオン》をぐっと引き寄せ……」

「きゃーっ、それ以上はいけませんわ！　私、まだ読んでおりませんの！」

御花園の四阿で盛り上がる、朱蘭先生のファンたち。その中には貴儀麗霞の姿もあった。

「でもこの書、夢小説にはしてもらえませんのね」

最近当たり前のようになっていた、名前部分の空白がないことに、后妃たちは軽く不満を漏らす。

「泰然は主人公朱音としか番《つが》わせたくないってことかしら？」

「残念。私、この物語に自分の名を登場させたかったですわ」

「そんなの私だって！　はぁ、泰然将軍、素敵……」

后妃たちはうっとりしつつ切ない吐息をこぼす。

「朱蘭先生と同じ〝朱〟の文字を持つ朱音だけが恋することを許される男、ってことじゃないかしら？　朱蘭先生にとってとても特別な存在なのかもしれませんわね、この泰然という人物は」

「ねぇ、私思ったんだけど。この泰然将軍、あの方に似ていると思わない？　北方の若き総督……」

「あぁ！　井浩然《ジンハオラン》！」

后妃たちの間で黄色い悲鳴が上がった。

「言われてみれば！　若くして責任ある任に就いておられて」

「普段は物静かだけど、戦場では鬼神のようなご活躍をされるという噂ですわね」

「ねぇ、両方のお名前に〝然〟の文字が入っていますわ！」

「もしかして、朱蘭先生は井総督を想いながらこの物語を書かれた？」

「きゃーっ！」

皇帝以外に想いを寄せることを許されず、さりながら皇帝から顧みられることのない若い后妃たち。ロマンティックな妄想は、彼女たちの心を大いに刺激した。

——朱蘭先生は、井総督に恋をしている。

その噂はまたたく間に後宮に広まる。皇帝勝峰の耳に届くまでもあっという間だった。

■□■

（いきなりなんだろ）

ある日、私は勝峰から主殿へと呼びつけられた。北方を守る総督が報告に来るので、皇后として垂簾《すいれん》の奥に控えていろというのだ。

（それはいいんだけど……）

――井浩然と会えるぞ。嬉しいか。

勝峰は含みのある口調でそう言ったのだ。

（井浩然　イズ　誰!?）

嬉しいかと言われても、初めて聞く名だ。首をかしげる私に、勝峰は鼻を鳴らし冷たく言い放った。「ずいぶんと芝居がうまいものだ」と。

（なんのこっちゃ）

ひとまず言われた通りに、玉座の斜め後ろの垂簾の裏に座る。

「翠蘭」

腰を下ろすと同時に、玉座の勝峰がこちらに背を向けたまま小声で話しかけてきた。

「この間、俺の言ったことは覚えているだろうな」

(この間とは?)

「俺は、慶の二の舞はごめんだぞ」

その話か。皇帝と皇后がそれぞれヤンチャして、国が滅んだという。

「わかってる」

「ならいい」

彼は何が言いたいのだろう。

(二次元男子にしか興味のない私には、愛人侍らすとか縁のない話なのに)

やがて、ひとりの人物が主殿へと入ってきた。

(この人が北方の井総督か)

総督と聞いていたので貫禄のある中年男だと思っていたが、想像より若いようだ。垂簾越しなのではっきりとは見えないが、所作などから落ち着きのあるイメージが伝わってきた。

(若くてクールで地位に就いてるなんて、オークウッド中尉っぽいな)

そんな妄想に浸っていた時だった。

「陛下におかれましては、ご機嫌麗しく存じます」

(おふっ!?)

声が出そうになったのを、私は慌てて両手で抑え込んだ。

(声が中尉!)

井浩然なる人物の声は、『戦刃幻想譚』のオークウッド中尉のものと瓜二つだった。

(中尉役の声優、城之崎翔そっくりの声! 嘘、びっくりした! 本人じゃないよね? 声優さんがここに異世界転移してるとかじゃないよね?)

なお蛇足ではあるが、〝異世界転生〟は異世界に生まれ変わって別の人物になることを言うが、〝異世界転移〟はもとの人物のまま異世界へ移動することを指す。

閑話休題。私はそわそわしながら垂簾越しに目を凝らす。

(うん、城之崎翔じゃない。全然知らない顔だ)

そうは思うが、やはりちょっと楽しい。

(目を閉じて声だけ聴いてたら、まんま城之崎翔! 声優イベントみたい! 謁見の間、後ろに座ってるよう言われた時は、面倒くせ!って思ったけど)

垂簾の向こうでは、総督が皇帝へ報告を続けている。

（これ、聞いてるだけでかなり楽しいな。推しのトークイベントみたい）

美ボイスに浮かれていた私は全く気付いていなかった。勝峰が猜疑心に満ちた視線を、私に送っていたことに。


（今日はいいもの聞けた！）

部屋に戻ると同時に、私はいそいそと紙と筆を取り出す。

（『戦刃幻想譚』は長い間プレイしていないし、オークウッド中尉を描く時は遠い記憶のイメージを探りながらだったけど、今日は新しい供給があった！）

井総督は声だけでなく、口調までオークウッド中尉に似ていた。別人なのはわかっているが、新作のボイスドラマでも聴いた気分だったのだ。

（はぁあ～っ、創作が捗《はかど》る！）

この日からしばらくの間、私は泰然将軍の物語を乗りに乗って書き続けた。それがとんでもない事態を引き起こすことになるなどと夢にも思わず。

再び私が勝峰のもとへ呼び出されたのは、井総督の謁見から半月ほど過ぎた頃のことだった。

（何これ……）

主殿に足を踏み入れた瞬間、私は両脇を太監に固められ、玉座の前まで引き立てられる。そして床に直に跪くよう言われた。井総督と横並びで。

周りには複数の太監と兵士が厳しい顔つきで私を見下ろしている。

（何？　え？　どういう状況？）

呆然としている私へ、勝峰は冷ややかに言い捨てる。

「どうだ、翠蘭。愛しい男のそばにいられる気分は」

（愛しい男？）

ぽかんとしたまま、私は隣に座る人物に目をやる。井総督も当惑した表情をこちらへ向けていた。

「お初にお目にかかります、皇后陛下」

「え？　あ、はい。初めまして、井総督」

奇妙な挨拶を交わす私たちに、勝峰は苛立ったように声を荒らげる。

「何を白々しい。お前たちはこの俺の目を盗み、不義密通をしておったな？」

はぁあああ!?

「畏れながら皇帝陛下、自分は皇后陛下に直接お目にかかるのは、これが初めてでございます」

「そ、そうだよ！　不義密通ってどこからそんな発想が……」

「これを見ても、白を切る気か」

　そう言って、勝峰が皆の前に突き出したのは。

（ぎゃーー!!）

　ここ最近私がノリノリで量産していた、『戦刃幻想譚』の二次創作小説（R－18）の写本だった。

「ちょちょちょ！　こんなところで、それ……!!」

「ふん、その慌てぶり。やはりそうか」

　言いながら、勝峰は頁を大きく開いてみせる。

「この将軍柏泰然とは、井のことであろう」

「違うわー！」

　思わず素のツッコミが出る。しかし勝峰は全く耳を貸さない。

「お前はこの柏泰然なる男の物語に限っては、他の女の名を書き込むことを拒んだそうだな」

　それは現実には触れ合えることのないオークウッド中尉《二次元》と私《三次元》を、せめて妄想の中だけでもキャッキャウフフさせたかったからだ。

「お前の偽名である朱蘭に対し、女の名が朱音。そして柏泰然に対し井浩然。明らかに似せているだろう」

一文字だけでしょうが！　つか、いきなり身バレってひどくない？

「ふむ。『泰然が私を強引に抱き寄せる。甘い夜の空気を震わせ、泰然の低くかすれた声が吐息と共に耳朶をくすぐった』」

「!?」

太監たちの嘲笑う声が耳に届いた。

「なんと恥知らずな」

「お立場も考えず」

「全く品のない」

中学生の頃のトラウマがよみがえる。頬が熱を持ち、体の芯が凍り付いた。けれど、私はもうあの頃の泣かされていただけの子どもじゃない。ぐっと歯を食いしばり、勝峰を睨み返す。

「貴様ら、こんな淫らな真似を俺の知らぬところでやっていたのか」

「陛下！　天に誓って自分は決してそのようなことはいたしておりませぬ」

「それは私の勝手な作り話で、この人は関係ない！　だいたい後宮で引きこもってる私が、どうやって北方で仕事してる井総督と知り合えるのよ！」

「翠蘭、お前は北方の出身だ」

え？　あ、そういえばそうだったな。

「後宮に上がる前に、すでに丼と懇《ねんご》ろになっていたとしたら？」

「そんなわけ……！」

否定しようとして、喉元で言葉が止まる。自信がない。今の私にとって丼総督と言葉を交わすのは、間違いなく今日が初めてだ。けれど、かつての翠蘭が丼総督と出会っていないとは言い切れない。なにせ私には、その頃の記憶がないのだから。

「翠蘭、お前は先日、ひどく嬉しそうだったな」

（は？）

「丼に報告に上がらせた時だ。垂簾の奥でお前は、こやつの姿を見て嬉しそうにしていたではないか」

「あれは……！」

推しキャラと、声と口調がそっくりだったから、なんて言っても通じないだろう。

「い、いい声の人だなぁと思って……」

口ごもる私の姿に、勝峰は後ろめたいものがあると確信したのだろう。完全な邪推だが。

「もうよい」

彼は一方的に話を打ち切ってしまった。

「勝峰？」

「皇后翠蘭は幽閉、井浩然は後日処刑とする。井を牢へぶち込んでおけ！」

「陛下!!」

井総督が数人の兵士に引きずられていく。

勝峰は感情のない目をこちらに向けていたが、やがてふいっとそっぽを向いた。

（ありえない……！）


一旦部屋に戻された私は、イライラと部屋を歩き回る。

（なんなの、あれ！　完全な言いがかりだし、嫌がらせだ）

数日後、私はここから出され、狭い別の部屋に移されるらしい。

（それはいいんだ。もともと、私はインドア人間だし庶民だし。屋根のある部屋を与えられて食事も一応出されるみたいだから）

一生衣食住には困らない。皇后の名を失うだけで、執筆は許される。優雅な生活ではなくなるけど、ギリ耐えられるだろう。

（でも、井総督は違う）

全く身に覚えのない〝皇后と不義密通〟の罪で処刑されるのだ。

「ふざけるな！」

私は架子床を殴る。私がストレス発散のために書いたたわいもないＴＬ小説が、人ひとりの命を奪うことになってしまうなんて。

（てか、そのストレスの元凶は勝峰《おまえ》だー‼）

あの小説を書いたのは、井総督の存在すら知らなかった時だ。モデルになんてするわけがない。かつての翠蘭が、彼を知っていたかどうかまではわからないけれど。

（あのアホ皇帝ーー！）

幾度も拳を枕に叩き付ける。そうでもしなければやってられなかった。

（私にできることはない？　せめて井総督の命だけは……）

「荒れているな」

皮肉めいた声が背後から聞こえてきた。

「……勝峰」

「愛しい男の首と胴が泣き別れになるのだから、無理もないだろうが」

「だから違うって、何度言えばわかるの！」

私は足を踏み鳴らし勝峰の前に進み出る。

「井総督と直接会話したのは、今日が初めて！　そんな相手と、どうやって浮気できるのよ。物語の人物と設定や名前が似てたのは偶然！」

「偶然？　そう言い切れるか？」

勝峰の目は私の心の奥底を覗き込むように鋭い。

「お前は実在の人間を、別の名前で書き表すことがあるからな」

（あ……！）

きっと勝峰をイメージしたキャラクターに〝峰風〟と名付けたことを言っているのだ。

「い、いい加減にして！　井総督のことは本当に知らないんだってば。どうすれば納得してくれるの？」

「……そうだな」

皇帝の手が、私の髪に触れた。

「お前の心があの男にないというのなら、俺を受け入れられるはずだ」

（は？）

「俺はお前の夫だぞ。なぜ拒む。それは別の男の面影がその心にあるからではないか？」

何を言ってるんだ、この男は。

散々翠蘭のこと放置しておいて。興味が湧いたから気まぐれに迫ってきて、受け入れられなかったから浮気を疑う？

（ふざけるな）

怒鳴りつけてやりたいのを、ぐっとこらえる。今は勝峰を怒らせるべきじゃない。

「……じゃあ、私がここであなたを受け入れれば、井総督の処刑はなくなる？」

「かもしれんな」

勝峰の淡々とした口調とその内容に、眩暈を覚える。

「翠蘭、お前は今、国を傾けようとしている。慶の最後の皇后のように」

「だから、浮気なんかしてないって！」

「それを信じてほしくば、身をもって証をせよ。そして今宵俺を受け入れ、皇后としての責務を果たせ」

「〝責務〟……？」

私が問い返すと、勝峰はなぜか一瞬虚を突かれたような顔つきとなる。だがすぐに表情を引きしめ、いつものふてぶてしい表情に戻った。

「あぁ、それで構わん。その言葉でお前を縛れるのなら」

体が震える。二次元キャラ相手なら、艶めかしい妄想だって幾度もした。かなりきわどい内容だって書いた。だけど生身の男性相手には、どうしても恐怖が先に立つ。たとえ相手が超ド級のイケメンでも。

（でも、人の命がかかってる……）

私は自らの帯に震える手をかけた。頭に香麗の顔が浮かぶ。

（ごめん、香麗。あなたを裏切りたくない。でも、こうしなきゃ罪もない人が殺される……！）

帯を解かなくては、言う通りにしなくては。気持ちは焦るのに、手がびくとも動かない。背すじを冷たい汗が伝った。

（井総督を窮地に追い込んだのは私だ。だから……、だからこれくらいのこと！）

「……もうよい」

ふいに勝峰の乾いた声が耳を打つ。はっと顔を上げれば、ぱたたっと私の顔から雫が落ちた。

（涙？）

勝峰は眉根をしかめ私を見下ろしていた。

「気が失せた」

「……勝峰？」

「体中に虫を這わせているかような顔をしおって。そんな女を、誰が抱きたいものか！」

言い捨て、勝峰は足早に部屋から立ち去る。

（あぁ……）

足音が聞こえなくなると、私はその場にくずれ落ちた。帯を掴んだ手は、その形のまま強張っていた。

（どうしよう）

安堵《あんど》と共に襲いくる、とてつもない後悔。

（私は井総督の命が助かるチャンスを、自ら捨ててしまった）


夜半、私はそっと牢に向かった。見張りにいくらかの金品を与えると嫌な笑いを浮かべながらも通してくれた。

「井総督」

私の声に、牢の中の人物が身を起こす。

「皇后陛下。なぜこんなところへ」

「逃げて」

「え」

「私のせいで、こんなことになってしまってごめんなさい」

井総督が、格子のすぐそばまでやってくる。

「あなたは無実だもの、ここで死んじゃだめ。今、鍵を開けるから」

「……お気持ちだけありがたくいただいておきます」

彼はクールな面差しに柔らかな、そして悟ったような笑みを浮かべていた。

「私は逃げません。私が逃げれば牢番が罰せられるでしょう」

「だけど、罪状は全くの事実無根じゃない！」

「それでも、私はこの運命を受け入れます」

「なぜ……」

私の問いかけに、井総督は遠い目をした。

「もとより、この命は皇帝陛下に捧げたもの。その形が思い描いていたものと少々違っていただけのこと」

「こんな身に覚えのない汚名を着せられて、納得できるの？」

「陛下の御望みであれば。それが私の生き様でございます」

井総督が私を見る。そこにはまっすぐな誠実さがにじみ出ていた。

「部屋にお戻りください皇后陛下。あなたの身まで危うくなる」

私は頭を抱える。

（自分の命より他人のことを気遣って！　こんなところも、オークウッド中尉にそっくりだし！）

クールで頭脳明晰、戦場では鬼神のごとき奮闘。それでいながら国王に全てを捧げ、無心で命令に従う。そんなところも私は好きだったのだ。

（なんで似ちゃうのよ、性格まで……）

私は目を上げる。中尉と顔立ちは違うのに、表情はそっくりだった。

（その声でそんな風に言わないでよ）

部屋に戻った私は、架子床に倒れ込むと大きく息をついた。

（あんな小説、書くんじゃなかった……）

ストレス発散、自分のための娯楽。それが人の命を奪うことになってしまうなんて。

後悔に胸が焼かれる。

（私は二度と、小説なんて書かない）

暗闇の中で私は目を閉じた。

しかし時が過ぎるほどに自己嫌悪は闘志へと変化した。作品にアンチコメントが届いた際、一度極限まで落ち込んだ後に妙な闘志が湧いてくるあの現象だ。

（このまま引き下がってなんかやらない……！）

急速に私の頭の中でひとつの物語が構築されてゆく。峰風と泰然の姿が浮かび、映画のように、いきいきと動きだした。

「ふふ、ふふふふ」

暗がりの中、私は笑った。


夜が明けてすぐ、私は仙月をはじめとする侍女たちにひとつの仕事をお願いした。

「今日一日かけて、井浩然総督に関する逸話をできる限り集めてほしいの」

紅花と若汐が怪訝そうに顔を見合わせる。

「翠蘭様、それは一体……」

「必要なの、これから書く物語に。私の身の回りのことは一切しなくていいから」

「これから書く物語に、ですか？」

私が幽閉を命じられたことは、すでに彼女らの耳にも入っていた。その理由が井総督との不義密通疑惑であることも。皆、当惑した表情を浮かべている。

「わかりました、やりましょう」

凛《りん》とした声を響かせたのは、侍女頭の仙月だった。

「仙月……」

「それが翠蘭様のお望みでしたら、私たちは従うのみです」

「ありがとう、仙月！」

私は皆を見回す。

「みんなもお願い。『皇后のことで侍女である私も困ってる。こんな事態を引き起こした井総督とは、一体どんな人物なの？』そんな感じで、できるだけ情報を集めてきて」

皆は不安そうに互いの顔を見つめていた。しかしやがて彼女らは覚悟を決めた面持ちとなる。

「はい！」

それはとても涼やかで美しい声だった。


「何をするおつもりですの？」

昼頃には香麗が私の部屋を訪れた。

「あなた付きの侍女があちこちで、井総督について聞き回っているようですけど」

「ちょっと書きたいものがあってね」

「書きたいもの……？　こんな事態に何をのんきな」

香麗は呆れた様子で牀に腰を下ろす。

「あ、そうだ。私が幽閉されたら、次の皇后には香麗がなるのかな？」

「翠蘭様……」

「血筋も問題ないし、勝峰のこと大好きな香麗ならきっと私よりもいい皇后になるね。頑張って」

「……馬鹿にしておられるの？」

香麗の声が低くなった。柳眉を逆立てる様も美しい。

「私、こんな形で皇后の座を手に入れても、全然嬉しくありませんわ！」

「香麗？」

香麗は牀から立ち上がり、足を踏み鳴らしながら私へと迫ってくる。

「ずいぶんと侮《あなど》ってくださいますのね。あなたが消えれば繰り上がりで私が皇后になる？　お生憎様、わざわざ譲っていただかなくても結構です！」

燃えるような緋色の瞳が、至近距離から私をねめつける。

「陛下にとって私がどんな存在であるか、そんなのとっくに気付いていましてよ。けれど私、諦めるつもりはございませんの。いつの日か、必ずや私の愛で陛下の心をとろかせてみせますわ。えぇ、今は仮初めの〝最愛の寵姫〟であろうとも、いずれ真実にしてやりますとも。ですので、つまらないことをおっしゃらないでくださいまし！」

お、おぅ、地雷踏んだ？

「えぇと、なんかごめん……」

「そうではなくて！」

香麗は私の手を取る。

「私は翠蘭様に、今のまま皇后でいていただきたいんですの。そして、朱蘭先生として数多の素敵な物語を生み出してほしいんですのよ」

「香麗」

「だから、私にもお手伝いさせてくださいな。私にできること、ございません？」

真摯《しんし》な顔つきの香麗は、女神のように輝いて見えた。

「助かる。あるよ、香麗にしかできないこと！」

「まぁ、それは一体？」

私は彼女に、勝峰に関する逸話を思いつく限り教えてほしいと伝えた。

「そんなことでよろしいんですの？　構いませんけど、私、すぐにのろけてしまいますわよ？」

「むしろその路線を期待してる」

その日、陽が落ちるまで、私は彼女から勝峰の話を聞き続けた。


朱蘭先生による新作が配布されたのは、それから三日後のことだった。

「これは……、戦記もの？」

「いつもの恋愛小説じゃありませんのね」

「登場人物が、男ばかりじゃありませんか」

后妃たちは初めのうち、露骨にがっかりしていた。だが、その内容に心をくすぐられる人間はやはり出てきた。

「峰風に対する泰然の忠誠、なんだか胸が高鳴ってしまいますわね」

「えぇ、まるで禁断の愛のような。背徳感があって、いつもとは別の興奮を覚えてしまいます」

そう、私が書いたのは、人気の峰風と泰然を同じ物語に登場させた、いわばスピンオフ小説。しかもブロマンス寄りの作品だ。

夢女子たちをがっかりさせぬよう、あくまでもふたりの間にあるのは強い信頼関係。泰然将軍がどれほど皇帝・峰風のために尽くしてきたかを、これでもかとばかりに詰め込んでやった。

しかし想像力豊かな人間が目にすれば、『このふたりの間には特別な愛があるのでは？』と妄想してしまうくらいの匙加減に仕上げてある。もといた世界でも、男だけの少年漫画が女性にもてはやされることは多い。そしてその人間関係に妄想を大いに刺激される人も。

（やっぱりこの世界にもいた……！）

皆は、峰風は皇帝を、そして泰然は井総督をモデルにしていると認識している。

（本当はどっちも結果的に似ちゃっただけだけど）

だが今作は、皆に集めてもらったふたりのリアルエピソードを、かなりアレンジしつつふんだんに盛り込んでやったのだから実在人物二次創作《ナマモノ》に近い。きっと多くの人の頭の中では、皇帝・勝峰と井総督との関係が描かれた物語と錯覚され、受け止められるだろう。

「新作の評判も大変よろしいようでございます」

「そう」

仙月から報告を受け、私はぶるっと身を震わせる。

（さすがにブチ切れるかな）

勝峰の怒り顔が頭に浮かぶ。

（だけど、一泡くらい吹かせてやる）

■□■

「また翠蘭が何か書いたか」

太監から連絡を受け、勝峰は呆れながらも感心した。

「こんな状況だというのに、図太さだけは感心するわ」

言いながら勝峰は手を出す。すかさず太監が、入手した書を差し出した。

「……戦記ものか」

頁を開き、勝峰は鼻で笑う。

「戦場を知らぬ女に、一体何が書けるというのか」

侮りながら読み始めた勝峰であったが、やがてその顔がスッと引きしまる。そこには様々な方法で敵を打ち破ってゆく将軍の姿が描かれていた。

例えば敵の背後にある崖からの騎乗での奇襲、例えばわら束を並べた船へ敵に矢を射かけさせ、その矢を回収して利用する奇策。それらは〝高田朱音の世界〟では有名な戦術ではあったが、勝峰の目には新鮮に映った。

「こんな方法を、よくぞ思いついたものだ……」

勝峰は憑《つ》かれたように先を読み進める。血や土煙の匂いすら伝わってきそうな緻密《ちみつ》な描写。戦の駆け引きに、生き生きとした人間模様。

だが、中盤を過ぎたあたりで勝峰の眉間に皺が刻まれた。やがてその口から怒気のこもった低い声が漏れる。

「……なんだ、これは」

■□■

朱蘭先生の手による小説は、思っていた以上に人々に楽しまれていたようだ。今回は戦記ものということで、後宮の女たちのみならず、宦官を経由して男たちの目にも届いたらしい。ほんの二日ほどで。

「井総督が国にとってどれほど必要な人物であるかを再確認させられたな」

柏泰然将軍を井総督の姿に重ねて読んだ人間の間では、彼を擁護する気持ちが高まりつつあると報告があった。


「翠蘭」

勝峰がまたも私を呼びつけたのは、幽閉を翌日に控えた日のこと。この日は主殿ではなく、後宮における皇帝の住まい、延翔宮の広間だった。

「これはどういうつもりだ」

勝峰は、床に跪いた私の前へぐしゃぐしゃに丸めた書を叩き付ける。件の戦記だ。

「まるで俺が井のやつと特別な間柄であったかのような嘘を並べたておって」

勝峰の口調は静かだが、白々とした怒りの炎を纏わせていた。私が黙っていると、彼は居並ぶ太監たちを振り返った。

「よいか！　これを読んで本気にし、井のやつに同情する者まで出てきておるらしいが、こんなもの所詮は皇后の作り話。いくら登場人物が実在の人間と似ておっても、このような事実はない。現実と創作をごっちゃにするのは愚か者のすることぞ！」

その言葉を待っていた。

「その通りです、陛下」

私は顔を上げ、言葉を発した。

「この物語は私の作り話でございます。そして以前書いた恋物語も空想を書き連ねたもの。峰風は陛下ではありませんし、泰然は井総督じゃありません」

「ぬっ」

「なのに陛下は、あんな作り話を現実と勘違いして、忠実で有能な部下を斬ろうとしているんですよ？　そんな真似をすれば、きっと民は陛下のことをこう評価するでしょうね」

　私は大きく息を吸い、叫ぶ。

「現実と創作の区別もつかない暗君だと！」

「翠蘭……」

　勝峰は傍らの者から剣を取り、大股で段を下りてくる。その表情は固く無機質だった。やがて冷たい刃が私の首に触れた。

「俺が、皇后であるお前を斬れぬと思っているなら大間違いだぞ」

　私は黙って皇帝を見返す。ほんの僅か、彼がこの刃を引けば私の命は終わるだろう。震えながらも私は彼から目を逸らさない。それが、人の命を奪うような作品を書いてしまった私にできる責任の取り方だと思って。

　恐怖で勝峰の姿が二重にぶれて見える。それでも私は歯を食いしばり荒い息を整えながら、彼へ視線を注ぎ続けた。

どれほどの時が流れただろうか。

「……チッ」

舌打ちと共に、刃が私から離れた。

（え？）

勝峰はしばらくの間、鋭い目で私を見下ろしていた。やがてついと背を向け、荒々しく足を踏み鳴らし玉座へと戻っていく。そして勢いよくこちらを振り返ると、通る声でこう言った。

「井を牢から出せ。処刑は取り消しだ！　皇后の幽閉もだ！」

「！」

「勘違いするなよ、翠蘭」

ぎりっと歯噛みしながら彼は続ける。

「俺はお前の言い分に納得したわけではない。だが、お前のつまらん創作物に躍らされて国を傾けることとなってはならない。そう考えただけだ」

「勝峰……。ありがとう！」

「くだらん。さっさと下がれ！」

私は一礼して広間を後にする。まだ震えている足をなんとか動かし、よたつきながら。

■□■

「翠蘭め」

翠蘭が姿を消すと、勝峰は額に手をやった。

「あんな目をする女だったとは……」

微かに高鳴る鼓動に戸惑いつつ、勝峰は独り言ちる。

「これほどまでに、俺の心を掻き回すとは……」

やがてその顔からゆっくりと怒りが消える。代わりに浮かんだのは、満足気な微笑みだった。

「皆に告ぐ」

顔を引きしめ太監たちへ向き直ると、勝峰はよく響く声で伝えた。

「前にも伝えたが、皇后が〝朱蘭〟であること、決して口外してはならんぞ。よいな！」

その場に集った者たちは一様に恭しく頭を下げ、その命令に従った。

■□■

『皇后陛下、このたびは私のために尽力くださり感謝いたします』

後日、私は井総督からの手紙を受け取った。そこには、彼が再び総督として北方へ戻ったことが感謝の言葉と共に綴《つづ》られていた。

飾り気のない、誠実さの伝わってくる文面。そして手紙の最後に書かれていたのは。

『陛下へのものと同様の忠誠をあなたに誓います』

（うはぁ……）

顔は違うが、やはり性格はオークウッド中尉に似ている。彼の声を脳内で再生させつつ、私はちょっとときめいていた。

（まさか私が三次元にドキドキする日が来るなんて）
2.5次元俳優や声優止《なかのひと》まりだと思っていたのに。
（北方か。もう会うことはないんだろうな）

少し寂しい気もするが、推しは遠くにありて拝《おが》むもの、だ。

「さて、久々に新作書こうかな。次はどんな恋の相手にしよう」

ふと今回書いた戦記ものが、女性にも受けがよかったのを思い出す。

（挑戦してみようかな、ＢＬ小説）

　私の主戦場はTL小説ではあるが、今回の読者の反応を見るにつけBL路線に需要があるのは明らかだ。それにブロマンス風味のものを書くのも、なかなかに楽しかった。

（この世界では好きなだけ執筆に打ち込めるんだ。この機会に新しいジャンルに挑戦してみるのもいいよね）

　新たなモチベーションを得て、私の筆は軽やかに滑りだした。

第八話　『朱蘭先生』のライバル

「むぅ……」

延翔宮の自室で勝峰は渋面を作ったまま、翠蘭の書いた小説を読み返していた。

「陛下……」

太監の呂《リウイ》は、困惑した表情でその様を見守っている。

「お心を害するものでしたら、ご覧にならない方がよろしいのでは？」

「指図するな」

「申し訳ございません」

勝峰が手にしているのは件の戦記ものだ。実際のところ、勝峰の心情は複雑であった。この小説には自分と井総督を連想させる人物が、ただならぬ仲であると匂わせる描写がふんだんに盛り込まれている。そしてこれは先日、翠蘭が家臣たちの前で自分をやり込めたアイテムでもあるのだ。忌々しいことこの上ない。

だが一方で読み物として、かなり魅力的な作品でもある。人物同士の会話はウィットに富み、光景の描写はリアリティがあって鮮烈だ。何よりそこに描かれた奇策の数々は、実際の戦場でも試してみたくなるほどであった。

（こんな案、軍師の口からも出たことがないぞ）

それらは高田朱音がもとの世界のコンテンツから取り入れた、付け焼刃の知識に過ぎなかった。だが勝峰にしてみれば、翠蘭は豊かで突飛な発想の持ち主だった。

(これだけのものを内に秘めていたのか、翠蘭は……)

今や勝峰の胸中には、翠蘭の面影が鮮やかに焼き付けられていた。

■□■

〝不義密通疑惑事件〟から半月が経った。その後、私が〝朱蘭先生〟である事実は、なぜか宮中に広まっていない。追求の場には、太監や兵士も大勢いたというのに。

(皇后が官能小説を書いているとなると外聞が悪いから、勝峰が口止めしたのかな?)

そんなわけで今日も私は、元気にコソコソR-18小説を書いている。

「――胸の奥にほのかな温もりを感じつつ、峰風は傍らに眠る乙女の瞼にくちづけを落とした、と。よし、できた」

「書き上がりましたの!?」

筆を置くや否や、そばで控えていた香麗が紙を奪って読もうとする。

「待って待って！　まだ墨が渇いてないから、乾くまで待って！」

「だって、久方ぶりの峰風の物語ですのよ？　待ちきれませんわ！」

「墨で汚れたら書き直しになっちゃうよ？」

製本する前の生原稿を読ませてあげているのだから、サービスとしては十分だろう。

香麗は不満そうに口を尖らせながら牀に座り直すと、先ほどまで食べていた瓜子――ヒマワリの種に再び手を伸ばした。プチンパチンと殻の割れる小気味のよい音がする。

ヒマワリの種といえばハムスターを連想してしまう私は、初め彼女が美味しそうにそれを食べる様子に驚いたが、この世界ではメジャーなおやつらしい。ナッツの一種のような味わいは、やがて私もやみつきになってしまった。香麗に倣《なら》い、私も瓜子へ手を伸ばし殻を割る。

「そういえば翠蘭様、作風を変える時は筆名も変えてらっしゃるの？」

「なんの話？」

「あら、ではやはりこれは翠蘭様の小説ではありませんでしたのね」

そう言って香麗が懐から出したのは、一冊の書だった。作者名の部分には〝玲玲《リンリン》〟と書かれている。

「使われている紙や紐が翠蘭様の写本と同じなので、この後宮内で作られたものでしょう。けれど翠蘭様の書かれる物語とずいぶん趣が異なるので、不思議に思っておりましたのよ」

「どれどれ」

頁を開き中身に目を通す。

（お……！）

明らかに私と作風が違う。甘い微エロでハッピーエンドが基本の私と違い、玲玲の手による作品は切なくダークなメリーバッドエンドとなっていた。

念のため説明しておくが、メリーバッドエンドとは見方によってハッピーエンドかバッドエンドかの解釈の分かれる作風のことだ。例えば心中もの。死を選んだふたりを不幸と見るか、どうあがいても一緒になれないふたりにとって最良の選択だったと見るかは読者によって分かれる。

ちなみに今読んだ作品は、〝宦官が懸想した后妃を罠にかけ陥れた後、後宮から追放された后妃を自分の屋敷に監禁する〟といった内容だった。これだけ見ればひどい話だが、作中で宦官と后妃の心はしっかり惹かれ合っているため、〝愛する人の手の中に囚われた〟と解釈できるようになっている。

「……面白い」

「翠蘭様も、そう思われますのね？」

「うん、これは面白いよ。私には書けない話だもん。こういうの好きな人も多そう」

「実際、多いようですわよ」

香麗は瓜子の殻を割りながら、話を続ける。

「この書が後宮内に出回るようになってから、そろそろ二週間といったところでしょうか。目新しい作風の上、朱蘭先生のものより部数が少ないため、躍起になって探し求めている后妃も多いようですわ」

全然知らなかった！

「私は写本の責任者に『必ず一部、部屋まで届けること』と以前から命じておいたので、入手できましたが」

なんてこった。自分の小説を書くのに夢中で、流行りのリサーチを完全に怠っていた。

（インプットしなくては！）

「翠蘭様、そろそろ先ほど書かれたもの、読ませていただいてよろしいかしら？」

「いいよ！　で、さっきの玲玲って人の本だけど尚寝局に申請したら手に入るかな？」

香麗は墨の乾いた紙を手元へ引き寄せ、小首をかしげる。

「どうでしょう。先ほども申しましたが、部数が出ていないようですし。あぁ、興味がおありでしたら私が持っているものをお貸し……」

「ぜひ！」

「……すごい食い付きですわね」

部屋にひとりになってから、私は香麗から借りた小説をむさぼるように読んだ。

（これは、惹きつけられる……）

玲玲の作品は、ダークなインモラル路線となっていた。裏切り、陰謀、復讐、からのメリーバッドエンド。女たちのヒリつくような感情が見事に描き出されている。そして執着と狂気。

（私も執着系ヤンデレものは書いたけど、明らかに闇の深さが違う……）

最終的に甘々溺愛ハッピーエンドでまとめる私の作品に比べ、イカレ具合が段違いなのだ。新鮮で刺激的で淫靡で……。

「それ書いたの、充媛のひとりですよ」

「うわ、びっくりした！」

気が付けば、背後に子墨が立っていた。

「脅かさないでよ」

「一応、声はおかけしたんですがねぇ。よっぽど読書に夢中になっておられたようで」

子墨は妖艶な目元を、ニィと細めた。

（充媛……）

四妃十八嬪の下、世婦の階級のひとつだ。

「つまり、書いたのはこの後宮にいる后妃のひとりと」

「ですねぇ」

（負けてられん！）

急速に湧き上がってきたライバル意識が、創作魂に火をつける。

(皆がこんなのを求めているなら、私だって書いてやろうじゃない!)

だがその闘志は、日を追うごとに勢いを弱めていった。

(難しい……!)

玲玲のような作風を目指したものの、匙加減を間違えれば、ただただ嫌な男によるDV物語になってしまうのだ。そんなキャラクターに惚れるヒロインには、とても共感できそうにない。頭を抱えて唸っている私に、侍女たちは顔を見合わせる。

「翠蘭様、以前のような物語はもう書かれないのですか?」

仙月の問いかけに、私は顔を上げる。

「だって今、後宮で求められているのはこういうのなんでしょう?」

「そんなことないですよ! 私、翠蘭様の甘くて幸せになれる物語大好きです!」

若汐が両手の拳を胸の前で握り、目をキラキラと輝かせる。

「わ、私も」

紅花も祈るように手を合わせ、夢見る眼差しとなる。

「翠蘭様の小説は、一日の終わりに読むと温かい気持ちで眠りにつけます」

「ありがとう、ふたりとも。気を使ってくれて」

力なく返した私へ、ふたりの侍女は当惑したように顔を見合わせる。

「気を使ってなんて……、本心です！」

「若汐の言う通りです、翠蘭様」

（優しいな、ここの部屋の皆は……）

彼女らは私が目覚めた時から、常に私によくしてくれた。一歩外に出れば悪意に晒される私の、優しい味方でいてくれた。

（だからこそ私は、彼女らの言葉に甘えたくない）

「あ、あのっ」

紅花がもじもじとしながら口を開く。

「もし翠蘭様さえよろしければ、これから御花園にお出かけなさいませんか？」

「御花園に？　今から？」

「ぜひ！　今、菊が見頃なんです！」

若汐が目を輝かせ、元気よく言葉を継ぐ。

（御花園かぁ……）

そういえばここしばらく執筆に夢中で、部屋にこもりきりだった。中庭にすら出ていない。少し足を延ばしてみるのも、気分転換にいいかもしれない。

「行こっか」

立ち上がると、仙月はすかさずカワセミ色の上衣を私に羽織らせた。

「うわっ、すごい！」

菊のエリアまで案内された私は思わず声を上げた。鮮やかな赤と黄色で埋め尽くされたその場所は、生命力に溢れ輝いていた。

(菊っていうと、私の中では楚々としたイメージが強かったけど)

一面に広がるビビッドな赤と黄色の菊は、日本の春に見るチューリップ畑を連想させた。

(うん。匂いはやっぱり菊だな)

涼やかで優しい香りが鼻腔をくすぐる。元気な光景と癒やしの香り。私の中で強張っていた何かがゆっくりと溶けていく気がした。

「翠蘭様、どうぞこちらへ」

咲き誇る菊を一望できる四阿へ案内され、私たちは腰かける。すかさず茉莉花茶と包子が差し出され、嬉しくなってしまった。

(私がいつ外出する気になってもいいように、用意してくれていたんだな)

まだ温かい包子を手に取り半分に割る。口へ運べば、蓮の実あんのほっくりとした上品な味わいと香気が広がった。

五感で幸せを味わっていた時、一面の菊の向こうから大勢の話し声と足音が近づいてきた。菊を挟んで反対側にある回廊を歩く者がいるようだ。

「玲玲の小説、私好きだわ〜」

飛んできた声に、包子を口に運ぼうとしていた私の手が止まる。

(玲玲？　小説？　それって……)

菊の向こう側へ目を凝らす。そこを歩いていたのは、世婦の集団だった。

「この間の新作も、すごく面白かったよ」

「えへっ、ありがとう」

嬉しそうに礼を述べているのは、小柄でツインテールの少女だった。

(あの子が、あのメリバの小説を量産してる玲玲？)

「玲玲の書く話って、わかる〜！ってなるんだよね」

「そうそう。切なさとか共感しまくり」

乙女たちはうんうんと頷き合っている。

「ねぇ、朱蘭先生みたいに写本増やしたら？　読みたいって言ってる人、大勢いるよ？」

「うーん。私のはただの趣味だしなぁ……」

玲玲は困ったように首をかしげる。

「本職の作家さんの写本を作っているところへ、無理言ってやってもらってる状態だし、これ以上は増やせないよ」

すみません！　私も本職じゃなくて、同人です！

「でもさあ、そろそろ朱蘭先生の艶本にも、ちょっと飽きてきたよね」

（え……）

世婦のひとりの言葉に、私は凍り付いた。

「飽きたとまでは言わないけど、玲玲の小説ほど気持ちにしっくりこないかも」

（しっくりこない？）

「ウチらわりと切ない境遇じゃん？　陛下に見てもらえず、自由恋愛も禁じられてさ。そのへんの闇が、朱蘭先生の作品からは伝わってこないっていうかさぁ」

「恋愛は幸せなもの、みたいなのばっかだよね。悲哀の描写が甘いっていうか」

「仕方ないよ。朱蘭先生は外にいる作家さんなんだし。でも玲玲の作品は後宮の女の気持ちの描写が真に迫ってて好き」

「当人だからね！」

（私も一応、後宮にいるけど……）

「そのうち、『朱蘭先生のより、玲玲の小説を増やしてください』って、大勢の人が言うよ。絶対！」

「えへへっ」

玲玲がツインテールを手の甲でぱっと払い、気取った表情を浮かべる。

「朱蘭先生の時代が終わったら、私の時代来ちゃう？」

キャーッとけたたましい笑いが起きた。

「あの子たち……！」

仙月が眉を吊り上げ立ち上がる。厳しい表情で彼女らのもとへ行こうとするのを、私は袖を掴んで止めた。

「翠蘭様！」

「……いい」

私たちの気配に気付いたのだろう。玲玲たちが菊の向こうからこちらへ目を向ける。私の衣の色を見て、慌てて礼の姿勢を取った。その表情に後ろめたさは一切ない。当然だ、私が朱蘭先生だと彼女らは知らないのだから。

私が辛うじて笑ってみせると、彼女らは一礼して楽し気に去っていった。

(書けない！)

玲玲との邂逅《かいこう》から三日が過ぎていた。

落ち込んだ時には推しとの恋愛妄想。そう思い、自分の機嫌を取るためのリハビリ小説を書こうとしたのだが、それすら全く筆が進まない。物語を綴るどころか、いくら妄想を逞しくしても推しの姿が心に浮かんでこないのだ。

それでもなんとか自らを励まし、書こうと頑張ってはみた。けれど意識の奥を探ろうとすればするほど、あの日の言葉が耳の奥に蘇る。

『ちょっと飽きてきたよね』

『しっくりこないかも』

『朱蘭先生の時代が終わったら』

（んがぁあああ～っ！）

私は架子床に横たわったまま、頭を抱えゴロゴロと転がる。

（これ、まずくない？　イメージも心もカッサカサに枯れ果ててる！）

気分転換がしたくとも、今は御花園に行くのが怖い。行けば大勢の人間の口から、あの日と似たような言葉を聞くかもしれない。

（映画、アニメショップ、コラボカフェ、2.5次元舞台～っ！）

高田朱音であった頃、仕事や家庭のことで落ち込むたびに駆け込んでいた心の潤いをくれる場所。今、それが私の周りにはない。

（うう……、この世界に来て初めて日本が恋しくなったかも。でも、結婚結婚と親からうるさく言われるのは嫌ぁ……）

少しだけ外の空気を吸いに行くかと、私は架子床から降りる。御花園まで行かなくとも、中庭だって十分な広さがある。そこでピクニック的なことをすれば、少しはスッキリ……。

「もう一度言ってみなさいよっ！」

……できなかった。

(何？)

中庭に出た私の耳に飛び込んできたのは、塀の向こうからの金切り声だった。東妃苑の中から、大勢の人間の諍《いさか》いの声が聞こえる。私は仕方なく門をくぐり、騒ぎの場所へ向かった。後宮の最高責任者として。

そこで耳にしたのは、今一番聞きたくない話題だった。

「玲玲の小説なんて暗くて不幸な人間ばかりじゃありませんの！」

「はぁ？　あれを不幸としか読み取れないなんて浅すぎませんこと？」

「まぁ、朱蘭先生のお花畑な小説が好きなあなたに、深い思考は無理でしょうけど」

「なんですって!?」

(嘘……)

よりによって、私と玲玲の小説のファンが二手に分かれてディスりあっているのだ。

「朱蘭先生の作品は、私たちの苦しみに寄り添う姿勢が甘いのよね」

「そもそもあの方、恋をしたことがあるのかしら？　全体的にご都合主義なのよ！」

おいやめろ！　本人目の前にダイレクトアタックやめろ!!

「ちょ……」

声を張り上げ、止めようとした時だった。バシッと派手な打擲音《ちょうちゃくおん》が聞こえてきた。

（ひぇ）

「悲劇に酔っていれば、現実的だとでも言いたいわけ？」

ドスの利いた声を放ったのは、意外な人物だった。

（麗霞!?）

どうやら目の前にいた玲玲派の后妃を引っぱたいたようだ。

「な、何すんのよ！」

麗霞はツンと顎をしゃくり、たった今平手打ちした相手を橡色の瞳で冷たく見下す。

「うじうじ泣いてる女の話なんて、読むだけで気が滅入るのよ。ただでさえままならない人生だってのに」

（麗霞……）

「物語の中だけでも、頭空っぽにしていられる朱蘭先生の小説のどこが悪いのよ！」

（言い方！　あと、暴力はやめよう！）

叩かれた后妃はしばし痛む頬を押さえ、呆然と麗霞を見返していた。だがやがて、その面《おもて》にじわりと怒りが滲む。

「よくも叩いたわね！」

両陣は麗霞のビンタをきっかけに、金切り声を上げながら掴み合いのケンカを始めてしまった。

（嘘でしょ⁉　もしかしてこれ、ファン同士の代理戦争ってやつ？）

「やめ……」

その時、玲玲派のひとりがとげとげしい声で叫んだ。

「朱蘭先生の本が好きな人なんて、みだりがましい妄想で現実逃避してる人ばかりでしょう？　あぁ、気持ち悪い！」

「！」

中学生の頃の出来事を思い出し、声が喉元で固まる。

（私の書いているものは、キモい……）

「皆様方！　皇后陛下の御前ですよ！」

仙月の凛とした声が喧々《けんけん》たる場を貫いた。后妃たちははっと動きを止め、一様に仏頂面のまま慌ただしくこちらへ礼の姿勢を取った。

「翠蘭様、どうぞ」

「えっ、えぇと……」

仙月に促されたが、ショックで言葉が浮かばない。

「……本のことでケンカするのは、よくないと思うよ？」

それだけ絞り出すと皆は厳しい表情のまま一礼し、それぞれの住まいへと戻っていった。ほっと息をついた私の横を、麗霞が肩をぶつけるように足早に通り過ぎる。

「ろくなことが言えないなら、いちいち絡んでこないで」

またも捨て台詞を吐いて彼女は去っていった。

(だめだ、完全に心が折れた！)

ついに私は部屋から出られなくなってしまった。アンチコメントも罵声も聞きたくない。たとえ自分のファンのものでも。

(私はただ、自分が楽しいと思うものを書いて、読んだ人が楽しくなってくれればよかったのに)

周囲からの情報を遮断しメンタルの回復を試みたものの、創作意欲は一向に蘇ってこなかった。久々に翠蘭の蔵書を手に取ってみたが、気を抜けば嫌な言葉が頭に蘇り、文字の上を目がつるつると滑る。

私は力なく架子床に横たわる。この世界に来たばかりの頃のように。

（私、このまま書けなくなっちゃうのかな……）

どれだけの時間が無為に過ぎ去っただろうか。

「新作はどうした」

聞き覚えのある低い声が、うとうとしていた私の意識を呼び覚ました。

「せっかくよいものを持ってきてやったというのに」

（この声は……）

恐る恐る布団から顔を出すと、窓からの明るい光が目を射った。

（窓紗《カーテン》は閉めておいたはずなのに）

光の中に均整の取れたシルエットが浮かび上がる。

「勝峰……」

彼とこれほど間近に顔を合わせるのは、延翔宮でやりあったあの日以来だ。警戒し身構えたが、彼は遠慮なく距離を詰めてくる。

「なぜここへ」

「皇帝が正室の部屋を訪れるのに理由が必要か？　まぁいい、これをやろう」

勝峰は二十センチほどの細い竹のようなものを無造作に渡してきた。サインペン的な形状をしており、キャップまでついている。

「……何これ？」

「携帯用の筆だ。中に墨壺が入っていてな、外で何かを書きつけたくなった時に使えるそうだ。どうだ、嬉しいだろう」

なんだ、その面白文具。

「あ、ありがとう……」

戸惑いながらもお礼を言って受け取ると、勝峰はスッと顔を引きしめた。

「周から報告があったぞ、お前が寝込んでいるとな」

「子墨が？」

「香麗すら門前払いらしいな。だが病気ではなさそうだ」

その声からは、私への気遣いがほのかに伝わってきた。

「……ご心配おかけしまして」

「よい。で、新作の小説はどうした」

勝峰はどすんと架子床の端に腰かける。反射的に私は身を引き壁際へと移動した。

(小説？　どうしてこの人がそんなことを気にするんだろう)

かつては私の書いた小説に怒り、断罪までしようとした人だ。あなたには関係ないでしょう？とも言いたくなる。

光の加減で明るく見える菫色の虹彩は、私へまっすぐ向けられていた。

「尚寝局や写本の部屋に、新作の問い合わせが届いていると聞いたぞ」

「そんなわけ……。だってもう、朱蘭の小説は需要がないんだから」

おかしなことだ。私はなぜ、この人にこんな話をしているのだろう。

「需要のない小説に問い合わせが来るわけなかろう」

「でも……」

私は膝に目を落とし、新たに登場した小説が後宮で話題になっていることを彼に話した。

「それに比べて私の作品はお気楽で、皆の苦しみに寄り添ってないから、空々しいって。だから、もう必要とされてないんです」

「馬鹿か」

勝峰は容赦なかった。

「他人が何を言おうと、書きたければ好きに書け」

「望まれないものを生み出すのも虚しいんだよ」

「望まれぬものに問い合わせなど来んと言っている。お前はお前を否定する者の言葉を信じ、肯定する者の言葉を遠ざけるのか？」

無遠慮な勝峰の物言いに、私は膝の上でぐっと拳を固める。

「私の小説は、……気持ち悪いって」

中学生の時の教室が鮮明に蘇る。『オタクきもい』『オタクがキス妄想なんて気持ち悪い』、そう囃し立てられたあの日を、私はどうしても忘れられない。

「私の書いた妄想が、みんなを不快にしてたことに気付いたの。それで目が覚めて、恥ずかしくなったというか」

「今さら何を」

勝峰は鼻で笑った。

「散々っぱら男女のあられもない様を書き連ねた小説を、恥ずかしげもなく人目に晒しておきながら。自ら進んで官能小説を他人に読ませ悦に入っていた者が、今になって恥じ入っているとは、ふん、笑わせる」

……勝峰、本当にズケズケ言うよね。

「いいから書け。いつまでもグダグダ言っているなら皇帝命令で書かせるぞ」

「なぜそこまで」

「俺が、お前の作品を読みたいからだ」

(は……?)

私は顔を上げる。

(私の小説を丸めて投げつけた勝峰が、『読みたい』? どういう心境の変化?)

勝峰の表情からは、説得してやろうとか言いくるめてやろうといった、押しつけがましいものは感じられない。からかっている様子もない。

「だ、だけど……」

胸の奥がきしみ、不安がざわりと肌を撫でる。

「気持ち悪いでしょう？　私みたいに恋愛とは無縁のオタクが、妄想だけで書いたあんな小説……」

「『オタク』というのがわからん」

あ、すみません。

「そして、お前の小説のどこが気持ち悪いのかもわからん。俺は、お前の書くものを気に入っている」

「……気に入ってる？」

「あぁ、そうだ。お前の小説は、太監に全て集めさせ目を通したぞ」

(ぎゃあああああ!!)

嘘でしょ？　そりゃ、井総督の事件で色々見つかったのは知ってるけど、全部って！

いたたまれなくなり、私は布団を引き寄せ頭からかぶった。

「どうした」

「気持ち悪いものを見せてしまってすみません！」

「……まだ言うか」

布団の外から、ぺらりと紙をめくる音がした。

（今、勝峰の手元に書があるの!?）

「……あぁ、この部分はいいな。紅葉の葉ずれの音や秋の空気までが伝わってくる、涼やかな描写だ」

「………………」

「ここもいい。後宮から出ないお前から、こんな奇抜な戦術が生み出されたのには感心しきりだ。うむ、この艶めかしい描写もいい。肌の匂いや温もりまで伝わってくる絶妙な表現だ。それに人の心の機微を、よくもここまで見事に言葉で書き表せるものだと感心したぞ」

私は布団から目元だけ覗かせる。私と視線が合うと、勝峰はふっと笑った。

「翠蘭、現実から目を逸らしている人間に、これは書けん」

（勝峰……）

「玲玲の書も読んだ。その上で、俺はお前の小説の方が好ましいと言おう」

「……お世辞はいいです」

勝峰の言葉を嬉しく思いながらも、卑屈な言葉がつい口をついて出てしまう。それを勝峰は軽く鼻で笑った。

「ふん、この俺が世辞を言うと思うか？」

「思……わないけど。でも玲玲の小説の方が……」

「苦手なのだ、あの者の書く世界観は」

勝峰はやれやれといった風に肩をすくめる。

「あれには後宮の女の怨念が生々しく描かれておるからな、どうにも落ち着かん。読めば読むほど、こちらが責められている気分になる」

勝峰の思わぬ感想に、私は少しだけ笑う。

「でも、そこが皆の共感を得ているみたいよ」

「俺には合わん」

「それは好き嫌いや相性の問題でしょう？」

「それだ」

勝峰は膝を打ち、もう一方の手で私の胸元を指差した。

「所詮は好き嫌いの問題だ。どちらの作品が誰に受け入れられるか、そこにあるのは上下や優劣ではない」

「勝峰……」

勝峰の双眸には自信に満ちた強い光が宿っている。まっすぐで迷いのない眼差しが私を射抜く。

「お前の小説が好きで、お前の小説を評価し、お前の小説を必要としている者はいる。少なくともここに、お前の目の前に」

鼻の奥がツンと痛み、目頭が熱くなる。不覚にも彼の言葉が心に染みた。

「それにな、小説を楽しそうに書くお前を、俺は好ましく思っておるぞ」

「え？　楽しそうに書く私？」

「そうだ。お前は没頭していたのか俺の存在に全く気付いておらぬようだったが、時折窓から見ていた」

マジで!?　絶対エロスな妄想に浸ってヤバい顔してたでしょ、その時の私！

「お前は実に楽しそうだったぞ。目を輝かせ、生き生きと筆を走らせていた」

それ絶対、佳境の部分を書いていた時！　やめて、見るな！　今さら遅いけど！

「あの大怪我を境に、お前は変わったな」

勝峰は遠い目をした。

「お前は岩場から落下して生死の境を彷徨い、その経験から生き様を変えたと仙月から聞かされた。確かに今のお前は、以前とは比べ物にならぬほど輝いて見える。翠蘭、今さらではあるが、お前が俺の第一の妃でよかったと最近は思うのだ」

勝峰の言葉に、胸が熱くなる。

（それって、中身が今の私に代わってから気に入った、ってこと？）

味わったことのない衝撃に、顔が燃えるような熱を持ち、グラグラと眩暈を感じた。

（オタクの私が翠蘭の人格を乗っ取ってから好意を持つとか、皇帝、趣味が悪いでしょ）

そうは思うのに、口元が勝手にニヤついてしまう。慌てて両手で口元を覆うと、勝峰は喉の奥でククッと笑った。

「翠蘭」

勝峰は再び架子床へ手をつき、顔を近づけてくる。

「そろそろ俺を受け入れる心の準備が整ったか？」

「!?」

私が慌ててぶんぶんと首を横に振ると、勝峰は笑いながら身を引き立ち上がった。

「ではな。俺は執務に戻る。あぁ、くれぐれも言っておくが、お前が〝朱蘭先生〟であることは今後も秘密としておけ。素晴らしい筆力であることは認めるが、内容ゆえ皇后としての威厳や品位に関わる」

そこは十分理解している。私がこくこくと頷くと、勝峰は「ん」と頷きこちらに背を向けた。勝峰の去りゆく姿を見る。その姿勢の美しさに、改めて気付かされた。

「そうだ。翠蘭」

扉の前で、勝峰は足を止める。

「後宮は文化の育まれる場所だ。切磋琢磨できる相手ができたのは、むしろ喜ばしいことではないか？」


勝峰と過ごしたひと時の後、私の心は多幸感に満たされていた。

（オタク丸出しの小説を書く私を受け入れてくれる男性もいるんだ……）

勝峰に対して抱えていた抵抗感や恐怖、それはいつしか薄らいでいた。

彼と今後男女の仲になれるかどうかと問われれば、今はやはり考えられないのだけど……。しかしとても頼もしい理解者がすぐ隣にいることに、今日は気付かされた。

私は自分の書いた小説を手に取り読み返す。

「……うん、いい」

自身のときめきのポイントを押さえて書いたのだから、私にとって最も面白い小説に決まっていた。

勝峰のくれた言葉が、いつしか心に自信と余裕を生んでいた。ほんの数十分前まで限界まで落ち込んでいたのが嘘のようだった。

（そうだよ。切磋琢磨なんて大仰なものじゃなくても、同人物書き仲間が現れたっていいことじゃん！）

「紅花、若汐」

私は部屋の外へ向かって声をかける。

「ちょっと出かけたいから、髪を整えてもらえる？」

扉はすかさず開かれ、櫛など一式を手にしたふたりが満面の笑顔で飛び込んできた。

「こっ、皇后陛下!?」

私が玲玲の部屋を訪れると、彼女は顔色を変えて跪いた。まぁ、普通に考えて皇后自ら后妃の部屋に乗り込んでくるなど、非常事態もいいとこだ。

「わ、私、何か、し、失礼でもいたたま、いたい、いたしましたでしょうか？」

恐怖に震え、しゃべることもままならない彼女が可哀相になり、さっさと本題に入ることにする。

「えぇと、人払いお願いできるかな？　ふたりきりで話したいの」

「ひゃ、ひゃいっ！　あな、あなたたたち」

侍女たちに遠慮するように指示しようとしているのだろうが、舌が回らず犬を追い払うような仕草になってしまっている。心配そうな面持ちで侍女たちが退出すると、私は玲玲の前に彼女の著書を出してみせた。

「これ」

「申し訳ございませんっ！」

何か言う前に、玲玲はひれ伏してしまった。

「え？」

「こ、このような不道徳な小説を！　お目汚しをぉお！」

（落ち着いて！）

玲玲のあまりのテンパり具合に、ここ数日の私の落ち込みはなんだったのかと考えてしまう。

「あのね、読ませてもらったけど面白かったよ」

「そ、そうでしゅか!?　ももっ、もったいなきお言葉で……！」

「うん、それでね」

私は、朱蘭の名で執筆した書を横に並べる。

「これ、書いたの私なんだ」

「ヒュッ!?」

玲玲の口から笛のような音が出る。青ざめていた顔に、頬だけ赤みがさす。完全に目が泳ぎ、その呼吸は心配になるほど荒くなった。

「玲玲？」

「ぅ……あぁあぁぁああ〜っ!!」

ついに玲玲は床にへばりつき号泣し始めてしまった。

「えっ、ちょっと」

「ほ、本物の朱蘭先生ですかぁあ？」

「そう、だけど……」

涙でべとべとになり、鼻水まで垂らした顔を、玲玲はこちらへ向ける。

「私《わだじ》っ、ぐずっ、朱蘭先生の御本が大好きでぇえ〜っ！　読んでいるうちに、ぐしゅっ、自分でも書きたくなりまじでぇ！　ひぐっ、それで書き始めたんでずぅ〜」

「そうなの？」

「はいっ」

言いながら彼女は自分の書架を見せる。そこには見覚えのある写本がずらりと並んでいた。しかもどれもかなり読み込まれていた。

「うぅ、嬉しい！　朱蘭先生に声をかけていただけて、もう死んでもいい……」

絶え間なく溢れる涙を、玲玲は手の甲でこすり続ける。すごく見覚えのある光景だ。イベントなどで憧れの作家に声をかけられた人が、こんな風に取り乱しているのをたまに見る。実際、私もなったことがある。玲玲にとっては、皇后翠蘭より、朱蘭先生の方が大きな存在なのだろう。

「それでね」

「はいっ、なんでしょう？　私の書いたものは目障りだから捨てますか？」

いや、なぜそうなる。

「玲玲さえよければ、私の物書き友達になってくれないかな、って」

「ヒッ、そ、そそそんな、畏れ多い！　私なんかが！」

またも玲玲の感情がぶっ壊れる。私が手を取ると、玲玲はくたくたと腰を抜かしてしまった。その両手はまだ幼さを残していた。

（私、こんな子を一方的に敵視して、勝手に落ち込んでたんだなぁ）

あれこれ言ってたのは周囲だし、彼女の軽口もちょっとした友人同士のジョークだったのだろう。私も調子に乗って、あれくらいはやらかしてしまった過去がある。若気の至りというやつだ。

（直接話してみてよかった）

こんな気持ちになれたのは、勝峰のおかげだ。

■□■

翠蘭が立ち去ると、玲玲の侍女たちは慌てて部屋へ飛び込んできた。泣き濡れてぐちゃぐちゃになった主の顔を見て、ふたりはぎょっと顔を見合わせる。

「玲玲様、皇后様から一体何を？」

「ひどいことをされたのですか？」

「ううん、違うの！」

玲玲は涙に汚れた顔のまま、にへぇと口元を緩ませる。

「聞いて、すっごいの！　朱蘭先生の正体は皇后陛下でね！　私、お友達になろうって言ってもらえたのよ！」

第九話　西方から来た娘

季節は晩秋。この日は御花園で香麗と紅葉狩りの約束をしていた。

豊栄宮の大門をくぐった時だった。

「きゃっ！」

（えっ？）

悲鳴が上がり、パタパタと駆け去る后妃たちの後ろ姿があった。

「なんでしょう。翠蘭様、少々お待ちを」

仙月が訝しみつつ辺りの確認に出る。

（何？　これまで遠巻きに冷笑する人はいたけど、ついに宮殿に押しかけて嫌がらせする人が出てきた？）

「あっ」

「ヒュッ」

仙月の上げた声に思わず息を呑む。

「何？　落書き？　それともゴミでも撒かれてる？」

「それが……」

困惑した面持ちで仙月が戻ってくる。彼女は小型の供物台を手にしていた。上には何やら色々積み上げられている。

「……お葬式みたいで怖いんだけど」

「私もそう思ったのですが」

台の上に置かれたメッセージカードに目をやる。

『頑張ってください』

『美味しい干し棗《なつめ》です。これを食べて、元気でいてください』

『いつも応援しています』

「好意的？」

「そう見えますね」

私は台の上にある、透かしの美しい紙包みを手に取る。開けばそこに大ぶりの干し棗が入っていた。

「これを食べて、ってことかな」

「いけません！　何を仕込まれているかわかったものではありませんので」

もっともだ。

「なんですの、それ」

紅葉を臨む四阿で、先ほど自分の身に起きたことを話すと、香麗は眉をひそめた。

「弔《とむら》いの供物みたいですわね」

「だよね」

「もしくは、神様への捧げ物かしら」

「神様？」

そういえばメッセージカードには、私への応援の言葉が並んでいた。

（てことは、神様扱い？　でもなんでだろう）

私は紅葉に目をやる。赤と黄色に染まった葉は重なり合い、まるで立ち上る炎のようだ。見上げれば青空と紅葉のコントラスト、水面へ視線を落とせばそれらの全てが鏡写しとなっている。

「素敵なところだね、香麗」

香麗は得意げに胸を反らす。

「当然ですわ。最も愛されし寵姫として、陛下にいつも連れてきていただいている場所ですもの」

「そんな大事な場所に私を連れてきてよかったの？」

私が問うと、香麗の肩から力が抜ける。

「……あなたって、本当に煽り甲斐がありませんのね」

「煽ったんだ」

香麗の小生意気で無邪気な振る舞いは、どうにも憎めない。それに、なんだかんだいって慕ってくれる彼女は、いつしか私にとっても妹のような存在になっていた。勝峰が彼女を放っておけなかった理由もわかる気がした。

「大切な友人が幸せなひと時を過ごせているなら、いいことだよ」

「余裕ですのね」

「そんなんじゃないって」

本心からの言葉だったが、香麗は拗ねたように口を尖らせる。やがて香麗は卓子に頬杖をつくと、小さくため息をついた。

「全く、陛下も最近はあなたに興味津々だというのに」

「なんで？」

「知りませんわ。可晴」

香麗が侍女を呼ぶと、すかさず茉莉花茶が私たちの前に差し出される。同時に紅花たちも奶黄酥《カスタードパイ》をさっと並べた。私たちは奶黄酥をかじりながら紅葉を眺める。

（そうだ）

私は、先日勝峰からもらった携帯タイプの筆を懐から取り出した。

「なんですの、それ？」

「勝峰がくれたんだ。外にいても、思いついたことをすぐに書けるように、って」

「……まぁ。陛下があなたのために」

目の前に広がる鮮やかな情景、空気や匂いを、私はメモとして残す。

「うん。いつか書く作品に生かせそう」

ほくほくとしている私へ、香麗は少し呆れたような表情を向ける。

「……煽ってらっしゃる自覚は、ないようですわね」

「ん？」

「いいえ、あなたはそのままでいてくださいまし。……あら？」

香麗が伸び上がり、私の背後を凝視する。

「何、香麗？」

「あれ、煙じゃありませんこと？」

「えっ」

振り返り彼女の視線の先を追えば、うっすらと灰色の煙が立ち上っていた。

「翠蘭様、あの方角って……」

「豊栄宮《わたしのうち》――!!」

急いで豊栄宮へ戻ると、すでに下女たちによって火は消し止められた後だった。中庭の中央に積み上げた何かに、火をつけられたようだ。

「こんなもの、出かける時はなかったのに」

私はまだ燻《くすぶ》っているそれに近づく。そして焼かれたものを見て愕然となった。

(私の小説……)

これまでに発行してきた〝朱蘭〟の艶本が山と積み上げられ、煤《すす》と水に汚れていた。

「ひどいことをする方もいらっしゃるのね」

香麗が口元を袖で覆い、顔を曇らせる。

「……？」

積み上げた書の中に手紙らしきものを見つけ、震える手でそれを引き出す。そこにはこう書きつけられていた。

『こんなものを書くお前は皇后に相応しくない。恥を知れ』

「は？　え？」

私はその短い文章を何度も読み返す。

「つまりこの犯人は、朱蘭が私だと知ってるってこと？　なんで？」

うろたえる私に、香麗はきょとんとなる。

「あら、翠蘭様が公表されたのでしょう？　朱蘭は御自分だと」

「そんなはずは……」

優美な人差し指を口元に添え、香麗は小首をかしげた。

「ですが、少し前から後宮中で知られてますわよ」

なぜ!?　かつても疑惑が浮上したことはあったけど、誰も信じなかったって言ったよね？　それに勝峰の周辺からも広まってなかったみたいだし。

「あのぉ、翠蘭様」

横合いから、子墨がひょいと顔を出した。

「小説を書いている后妃様がもうおひと方おられますよね。確か玲玲様とか。彼女が発信源のようですが、お心当たりは？」

（あ）

しまった。物書き仲間ができた興奮のあまり、つい浮かれて正体を明かしてしまったけど。

（玲玲に口止めするの忘れてたー！）

■□■

白梅殿の一室で、青い顔の宦官が身を震わせていた。

「言いつけ通りにやってきたでしょうね？」

鋭い声を投げかけられ、宦官はぎくんと棒立ちになる。振り返れば主の麗霞と共に、ふたりの后妃がそこに立っていた。宦官は慌てて彼女らに礼の姿勢を取る。

「お、仰せのままに。麗霞様と紫涵《ズーハン》様、夜鈴《イーリン》様がお持ちだった全ての〝朱蘭〟の艶本を、豊栄宮の中庭に積み上げ焼いてまいりました。もとが何であったかわかるように、いくらか湿らせた上で」

「結構よ」

麗霞は冷たく言って、紫涵と夜鈴のふたりを卓子へと誘う。

「下がりなさい」

「はっ」

宦官は目を合わせぬよう、後ずさりで部屋を去ろうとする。しかし足を止めると目を上げ、震える声で問うた。

「畏れながら麗霞様、なぜ全ての書を焼かせたのでしょうか？　皆様方は、朱蘭の手による小説をいたくお気に召し……がっ⁉」

宦官が最後まで言えなかったのは、額に投げつけられた香炉のためだった。

「……今度そんなことを言ってごらん。舌を切り落としてやる」

「ひっ！」

宦官は慌てて口を押さえ、その場から逃げ去った。

「忌々しい……」

赤い唇の間から、ギリと噛みしめる白い歯が覗く。

「翠蘭のやつ、私たちを見下して嘲笑ってたんだわ。陛下の訪れのない私たちは、作り物の男でひとり虚しく夢でも見てろと」

「麗霞様」

紫涵と夜鈴のふたりは、麗霞の左右に立ち部屋の主を宥める。

「許せませんわよね。自分こそ、陛下に相手にされないお飾りの皇后ですのに」

「何が慶王朝の血筋でしょう。あんなみだりがましいものを平気で書くほど、落ちぶれてしまわれて」

「……ぇぇ、そうですわ」

麗霞、紫涵、夜鈴の三人は、三国時代における即国の流れをくむ者たちだった。即は、前皇帝梁暁東が三国をひとつにまとめる際、最後まで抵抗した国である。故に毅・康の人間を祖とする者に比べ信用面においてやや劣る印象が、未だ人々の間に根強かった。それもあり麗霞は、自身が四妃に選ばれず嬪の位に甘んじている理由は、その血統にあると思い込んでいた。血筋によって選ばれた翠蘭に激しい憎悪を募らせるのも、それが理由であった。

「岩場から落ちた時に、大人しく死んでしまえばよかったものを」

麗霞の面に毒々しい笑みが浮かぶ。

「あんな女、皇后の座から引きずり下ろしてやる……！」

■□■

「翠蘭、この状況を説明しろ」

灯籠でライトアップされた白銀の花咲く光耀園《こうようえん》の夜景を前に、私は勝峰と横並びで玉座に座っていた。

冬を迎える直前のこの時期、興では〝賞花宴《しょうかのうたげ》〟という花見の宴が執り行われる。花見といっても桜ではなく、雪のように真っ白な花を咲かせる銀雪梅《ぎんせつばい》という梅の木だ。

光耀園は年に一度のこの宴のためだけに作られた場所らしく、見渡す限り銀雪梅が咲きほこっている。園は壁で南北に二分されており、北側は后妃たちが、南側は武官や文官など男たちが花を愛《め》でるエリアとなっていた。

今私たちがいるのは北側で、周囲には後宮中の女が集っている。

「陛下、羊肉の焼き物をお持ちしました」

「うむ」

「翠蘭様、桂花陳酒にございます」

「ありがとう」

　こんな感じで、后妃たちが次から次へ酒や料理を持って近づいてくるのだが、私がお礼を言うと時おり「きゃあ！」と控えめながら歓声が上がるのだ。そして、熱のこもった瞳でじっと見つめてくる者もいる。小声で「次の作品も楽しみにしています」と囁き、去っていく后妃もいた。一方、遠方より睨みつけてくる一団もいるのだが。

「翠蘭、なぜお前へ熱い視線を送る后妃が大勢いる。その眼差しは本来、皇帝である俺に全て注がれてしかるべきだろうが」

「ご安心ください。冷たい目線もいただいているので、全部足して二で割ればちょうどいい感じです」

「足して割るな」

「翠蘭様、失礼いたします」

「はい。……あ！」

　酒器を手にそばへ寄ってきたのは、春燕だった。私の書いた小説のアキツに幼馴染の姿を重ね、牡丹殿でひっそり泣いていた淑儀だ。

「お酒を……」

私が盃《さかずき》を差し出すと、彼女はそこへ一口分の酒を注ぐ。

「……あの日から、雷鳴を耳にするたび胸が高鳴ります」

長い睫毛を伏せ、春燕は控えめに微笑む。

「ありがとうございます、翠蘭様」

「う、うん」

「翠蘭様ぁ！」

続いて元気よく近づいてきたのは梓萱。宦官に恋をして、拒否をされたことを嘆き、自暴自棄になっていた才人だ。その手には薬膳湯《スープ》を淹れた小さな器がある。

「お酒が続いておられるようなので、私はこちらをお持ちしました」

「ありがとう、嬉しい」

私は薬膳湯を口に運ぶ。中にはキクラゲや蓮の実、棗などが入っていた。

「その棗、私の故郷のものなんです」

「そうなんだ、美味しいね」

「干し棗、前に豊栄宮までお届けしたのですが、お気に召しましたでしょうか？」

（あ！）

あの謎の供物の中にあった干し棗は、梓萱からの贈り物だったようだ。

「あれね。ありがとう」

実はまだ口に入れてはいない。得体が知れないからと、仙月からきつく止められてしまったからだ。あの日の門前での出来事は、ファンによる出待ちみたいなものだったようだ。

「朱蘭先生ぇ！」

続いて現れたのは、玲玲だった。物書き仲間で、メリバ好きの充媛の。

「り、玲玲？」

私は冷汗をかきながら、口元に人差し指を立てる。

「その名前は、こういう場ではちょっと……」

「あっ、そうでしたね。すみませぇん」

あまり反省してない風で、玲玲はテヘペロ顔をしている。だめだよ、玲玲。ネットで本名バラしたり、リアル世界でペンネームをバラすようなものだよ？　マナー守ろうね！

玲玲は私に紅焼肉を差し出す。いわゆる豚の角煮だ。箸でスッと切れるほど、トロトロに煮込んであった。

「翠蘭様、もしよければ次は同じ題材で書きませんか？　それで、それぞれの物語の違いを皆さんに楽しんでもらうんです！」

「う、うん、面白そうだね」

さっきから勝峰の鋭い視線が左の頬にチクチクと刺さってくる。玲玲はひとしきりはしゃぐと、満足気に下がっていった。

（イベントのブースに挨拶に来る同人仲間みたいだな）

コツコツと玉座の手すりを指先で叩く音がした。

「ずいぶんと、楽しそうだな。〝朱蘭先生〟？」

（ぎゃあ）

勝峰はこめかみに血管を浮かせながら、引きつった笑みを湛えていた。

「お前のもうひとつの名は、皇后としての威厳を損なうから表に出すなと言ったはずだが？」

「そのつもりだったんだけど。ついうっかりと、……えへ」

玲玲が言いふらしたとは言えない。言えば彼女が責めを負うことになる。

「でもほら、私の物書きとしての腕は陛下も買ってくださっているわけで」

「内容が問題なのだ」

皇帝らしい威厳ある笑みを浮かべたまま、勝峰は怒りのこもった黒いオーラをこちらへ向けて放つ。私は冷汗をかきながら弁明した。

「そうだけど。あっ、でも勝峰もバラしたよね？　太監たちの前で」

「あれらにはしっかりと口止めした、広まるはずがない」

勝峰の放つ怒りのオーラが、一層深みを増した。

「えー、でも。万が一という可能性も……」

「俺の命令に背く輩《やから》が臣下にいると言いたいのか？」

「そうじゃないけど」

だめだ、私が何か言うたびに勝峰は不機嫌になっていく。

だがそこに救いの女神が降り立った。

「陛下、翠蘭様、失礼いたしますわ」

私たちの前に、ふわりと衣を揺らしながら現れたのは香麗だった。

「宴の席でおふた方が諍っていては皆が怯えてしまいますわ。さぁ」

香麗は酒器をこちらへ傾ける。私と勝峰はそれを盃で受け、口へと運んだ。

「美しい夜ですわね」

香麗が満開の銀雪梅へ目を向ける。灯籠に照らされながら舞い散る純白の花弁は、名前通り雪のようだった。一足早い雪景色、そんな幻想的な光景だった。

「陛下、そろそろ頃合いでは？」

「そうだな」

勝峰は玉座から腰を上げ、私を振り返る。

「行くぞ、翠蘭」

皇帝と皇后は、次に南エリアの武官や文官の集う場所へ移動する取り決めとなっていた。

「陛下」

香麗は優美な仕草で礼の姿勢を取った。

「私はこちらでお待ちしております」

「あぁ」

「翠蘭様」

次に香麗はこちらへ歩み寄ってくると、私の手を取った。そしてそれを、勝峰の手へと重ねさせる。

「陛下のこと、お任せいたしますわね」

「うん、わかった」

私は勝峰に手を引かれ、石畳の通路を門に向かってまっすぐに進む。

「翠蘭」

「なんでしょう」

勝峰は行く手へ目を向けたまま、低い声で話す。

「かつて慶王朝は、後宮を含む宮中の不和がもとで滅びに至った」

「でしたね」

「今、後宮はお前を支持する者とそうでない者とで二分されている。よくない傾向だ」

勝峰は前方を見据えたまま、一歩、また一歩と進んでいく。それが皇帝としての彼の生き様を思わせ、私は自分のしでかしたことが申し訳なくなった。

「……すみません」

足元へ目を落とした私へ、勝峰は言葉を続ける。

「だから俺は、後宮の最高責任者たるお前に命じる。現時点においてお前を誹《そし》る者の心すら掌握するものを書け」

私は目を上げ、彼を見た。夜風が勝峰の髪を揺らす。

（この人は過去をなじるより、起きたことに対してこれからどうすべきかを考えている）

散り乱れる純白の花弁を背景に、勝峰の横顔は美しかった。それは単に造形が整っているというだけでなく、国を想う統治者としての慈愛や威厳が醸し出すものだった。

「……うん」

私が頷くと、私の手を取る勝峰の指先に僅かに力がこもった。

■□■

「陛下と翠蘭様、いつからあれほど打ち解けられたのかしら」

皇帝勝峰と翠蘭を見送り、北エリアに残された后妃たちは互いに顔を見合わせ囁いた。

「翠蘭様はお飾りの皇后との噂でしたけど、ずいぶんと仲睦まじいご様子でしたわね」

「でも、先ほどは語気荒く言い合っておられませんでした？」

「そう見えたのですが、翠蘭様は全く畏れておられぬご様子で。どちらかというと、少し強めにじゃれていらっしゃったような……」

「最愛の寵姫香麗様もご一緒になって、和やかな雰囲気でしたわね」

周囲の言葉を聞きながら、麗霞はひとり、杯を持った手を震わせる。

「気に入らない……！」

翠蘭を蔑む理由をひとつ失ったことが、麗霞を苛立たせていた。

■□■

門をくぐり光耀園の南側へ出た私は、思わず身を固くした。銀雪梅の咲き誇る様は先ほどと同じく圧巻の美しさだが、こちらは武官や文官たち男のエリアだ。給仕する下女や女官の姿も見えるが、玉座の近くまで男がひしめき合っている。息を呑み、つい勝峰の手をきつく握ってしまった。

「どうした」

「あの……」

もともと生身の男性が苦手ではあったが、恐怖症というほどではなかった。だが数ヶ月もの間、女ばかりの空間にいたせいか、この様子が異様なものに映ってしまった。

「手を離せ、翠蘭。俺は皆のもとを回り、声掛けをせねばならん」

「勝峰、ひとりにしないで。私のそばにいて」

勝峰が虚を突かれたような顔つきとなる。その頬がうっすら紅色に染まったかと思うと、彼は慌てたようにそっぽを向き、咳払いをした。

「まったく、仕様のないことだ。お前がそこまで言うなら、まぁ、その……、もう少し一緒にいてやってもいい」

勝峰は、私の手をそっと握り返す。置き去りにされなかったことに、私は安堵した。

「よかったぁ。やっぱり勝峰は、いい友達だね」

「友っ……」

勝峰は言葉を失い、目を白黒させた後に眉を吊り上げた。

「お前は俺の正室だ！　やっぱりその手を離せ」

「え？　なんで急に？」

「うるさい、俺は皇帝としてやらねばならんことがある。離せ！」

「お久しぶりでございます、陛下、翠蘭様」

（え？）

振りほどこうとする勝峰の手を渾身の力で掴んでいた私の耳に、懐かしい声が届いた。

（この誠実み溢れる声は、声優の城之崎翔……じゃなくて！）

「井か。よくぞ参った」

「はい。陛下並びに翠蘭様もお変わりなく」

そこには北方総督、井浩然の姿があった。

（うわぁ、久しぶり！　相変わらず声と仕草がオークウッド中尉！）

推しのそっくりさんの登場に、テンションが上がる。いつかもらった手紙の『忠誠をあなたに誓います』という言葉が音声で脳内再生され、口元が緩んだ。

「翠蘭」

僅かに固い勝峰の声が届く。

「臣下の前だ。おかしな振る舞いは慎めよ」

「わかってます」

信用ないな。そりゃ、目の前から聞こえる推しそっくりの声に、取り乱しそうになってるのは認めるけど。

「どうぞ、お注ぎします」

井総督が酒器を手に近づいてくる。

(ファンサ!?)

私はぷるぷる震える両腕を限界まで伸ばし、できるだけ井総督と距離が開く姿勢で盃を差し出した。

「お願いします、井総督」

「えぇっと……。なぜそんなに私と距離を置こうと?」

「推しの供給過多は心臓が止まりかねませんので」

「心臓? 翠蘭様、それは一体……」

「翠蘭! たった今、おかしな振る舞いは慎めと言っただろうが、貸せ!」

勝峰は私の盃を奪い取ると、自分のものと合わせて井総督に差し出す。そして酒を注がれたものを私へ突き返した。

「何を考えておるのだ」

ぶすっとした顔つきで盃を傾ける勝峰に、私はポリポリと頬をかく。

「や、なんか緊張しちゃって……」

勝峰は酒を飲む手を止め、横目で私を見る。

「井に好意を持っていたのではないのか？」

「好意……う～ん。遠くから眺めて力の限り応援したいけど、接触や認知は求めてないというか」

私の返事に、勝峰の顔から僅かに険が取れる。彼は盃の中身を軽く揺らすと、一気にあおり、ひとつ息をついた。

「……お前の言うことは、よくわからん」

夜風が純白の花びらを舞い上げる。その光景に、園のあちこちから歓声が上がった。

思わず目を奪われた私へ、井総督が話しかけてきた。

「翠蘭様、少しよろしいでしょうか？」

「ひゃ、ひゃいっ！」

井総督は私から適度な距離を保ったまま、まっすぐに私を見ている。

「遅ればせながら読ませていただきました、件の戦記ものを」

（ぇえ!?）

戦記ものといえばひとつしかない。もとの世界の知識や勝峰と井総督のエピソードを総動員し、ふたりっぽいキャラクターでブロマンス風に仕上げた例のアレだ。

井総督は目を輝かせ、やや興奮したように言葉を続ける。

「驚きました、あの物語に描かれた戦術の数々。翠蘭様は女人でありながら、軍事や戦術にも明るくていらっしゃったのですね。大胆かつ意表を突いた作戦の数々に私、感銘を受けました」

「えぇっと、それは……」

漫画やゲームから取り入れた知識であることを、どう説明しようか迷っているうちに、隣の勝峰が身を乗り出した。

「わかるか、井！　あれらの奇策はこれまでの戦で例を見ないものだ」

「はい、陛下！　次なる戦の際には、ぜひとも参考にさせていただきたく存じます」

待って？　義経《よしつね》の鵯越《ひよどりごえ》の逆落《さかお》としも孔明《こうめい》の十万本の矢の話も創作と言われていて、実際の戦に通用するかどうか……。

「軍事会議の際には、ぜひ翠蘭様にも参加していただきたく存じます」

「それはいいな。興の皇后がどれほどの傑物か、皆に知らしめるいい機会だ」

やめて。本当に勘弁してください。

「それに加えて、翠蘭様」

井総督は感じ入ったという風情で、自分の胸に手をやる。

「私は感動いたしました。作中における、皇帝峰風へ向けた柏将軍のひたむきな忠義！」

（ふぉっ!?）

彼の言葉に、私と勝峰の間に微妙な空気が流れる。しかし井総督がそれに気付く様子はない。

「私も、彼のように粉骨砕身の覚悟で命を懸けて陛下に尽くしたいものです」

（びっくりするほど純粋な眼差し！）

恐らく井総督は、あのブロマンスの空気を全く感じ取っておらず、ただ一途な忠義の物語として受け止めているのだろう。

「翠蘭様、いかがされましたが？」

「ごめんなさい」

後ろめたくなり、私は井総督から目を逸らす。

「なぜ皇后陛下が謝っておられるのでしょう？」

「こんな純粋な人に、邪《よこしま》なものをぶつけてしまってすみません」

首を捻じ曲げて彼から目を逸らす私に、井総督の困惑した声が届く。

「？　陛下、翠蘭様は何をおっしゃって……」

「気にするな」

「はっ、畏まりました」

雑に返した勝峰へ、井総督はそれ以上の追求はせず一礼して下がる。よかった、皇帝の命令が絶対の人で助かった。

その時、人々の間からひときわ大きな歓声が上がった。彼らの視線は、宴席の中央へ注がれていた。

（わ……）

そこにいたのはひとりの踊り子だった。一目で異国から来たとわかる白磁の肌に金の髪、そして明るい空色の瞳。薄絹の衣を纏った彼女は、軽やかに片足で回転してみせる。重さを全く感じさせぬ、夢幻のごとき動きで。

「ほぅ」

感心したように声を上げた勝峰へ、ひとりの宦官が進み寄ってきた。

「陛下、いかがですかな。あの者の舞は」

「実に見事だ」

「あの者は欧雪花《オウシュエホア》と申しまして、もとは西の大国の貴族の娘でございます。戦によって亡命してきたそうで、ぜひとも皇帝陛下のおそばへ侍りたいと」

「西方の貴族、か……」

銀雪梅の花弁舞い散る中、雪花は静かに動きを止める。空色の瞳が勝峰を捉え、形のいい唇が愛らしい笑みを湛えた。

■□■

「喜べ、雪花。お前は美人の位を賜ったぞ」

美人とは、四妃十八嬪の下、世婦の位のひとつである。屛風の向こうで衣に袖を通す雪花に向かって、宦官は相好を崩す。

「ははは、しかし西方の大国の貴族の娘という触れ込みは、我ながら妙案であった。興を発展させたいお気持ちの強い陛下にとって、遠い国と縁を繋ぐことは願ってもないことだろうからな」

「アノ、でも……」

身なりを整えて姿を現した雪花は、不安そうにうつむく。

「ワタシ、貴族の娘違いマス。西から売られてきた奴隷。本当のコト、わかったら……」

「黙れ、雪花！」

宦官は雪花の顎を掴むと空色の瞳を睨みつける。

「お前は亡命してきた貴族の娘だ。そう振る舞っている限り、陛下はお前を無下にできん。今は美人でも、すぐにも嬪、うまくやれば四妃に昇格するかもしれん。そうなればワシの地位も安泰だ」

「ア……」

「また奴隷に戻りたいか？　雪花」

雪花は瞳に憂いを滲ませ、首を横に振る。

「ワタシ、安心して生きたい」

「ならば、貴族の娘の振りをしろ。さすればこの後宮で、衣食住に困らぬ生活を保障されるぞ。陛下のお心を掴み地位が上がれば、贅沢な暮らしだって思いのままだ。だが正体が知れれば、奴隷よりもさらに悲惨な境遇に落ちるだろうな」

「……わかり、まシタ」

宦官が出ていくと、雪花は細く息をつく。のろのろと鏡を手に取り、髪に手をやった時だった。鏡の中の自分の背後に、人影があるのに気付いた。

「ダレ!?」

そこにいたのは、麗霞の仲間のひとりで昭容の葛《ガ》夜鈴であった。夜鈴は小狡《こずる》い笑みをその面に浮かべる。

「ふぅん？　あなた、本当は奴隷なのね？」

顔色を変えた雪花に、夜鈴は面白がるような目を向ける。

「そんな顔しないで。あたしたち、多分いい友達になれるわ」

夜鈴は雪花の肩に手をかけ、爪を立てた。

麗霞たち一行の中に雪花の姿が加わったのは、翌日のことであった。

麗霞はこう考えていた。国の安定を目的に慶王朝の血筋の女を皇后の地位に添える皇帝であれば、国の発展に繋がる西方の貴族の娘に心を寄せる。そうなれば、翠蘭を皇后の地位から下げ、代わりに雪花を据えるかもしれない。いかがわしい小説を書いていることが露呈し、皇后としての資質を疑問視されている今の翠蘭なら、ありえない話ではない。

雪花のことは皇后の地位を奪う手駒に使った上で、正体を明かして追い払ってしまおう。皇后の地位が空席になれば、自分にもチャンスが巡ってくる。香麗の存在が目の上のたんこぶだが。

「雪花」

麗霞の声に、雪花はびくりと身をすくめる。

「私たち、あなたの味方よ」

これまで奴隷として辛酸《しんさん》を舐《な》めてきた雪花は、それが額面通りの言葉ではないことに気付いていた。しかし弱みを握られた彼女には、麗霞たちの言葉に従う以外の道がなかった。

■□■

(皆の心を掌握するだけのものを書け、ねぇ……)

自室で私は次の小説のネタを練っていた。私が朱蘭先生であると皆にバレた以上、皇后として相応しい高尚な作品を書けと勝峰は言いたいのだろうけど。

(それは私の書きたいものじゃないなぁ)

私が書いていて楽しいのは、身も心もキュンキュンする〝いちゃラブ〟だ。それ以外の要素はむしろオマケ。

(毎晩寝る前に開いて、『今夜も甘い夢見られそう』って笑ってもらえるような作品が書きたいんだよ)

だいたい、官能小説を低俗と見下す空気が気に入らない。三大欲求のひとつである性欲だけを、格下扱いするのはいかがなものか。皆、本当はエロいの好きだろ? 素直になれよ、ほら。

冗談はさておき、つけ入る隙のない国を作りたい勝峰にとって、官能小説を書く私は残念ながら品位を落とす存在だ。一本くらいは勝峰の求める高尚な話を書くべきだろう。

（そうだ）

前回が架空戦記だから、今度は架空の大河小説みたいなのはどうだろう。まぁ、ストーリーはゼロから作るんじゃなくて、もとの世界の歴史エピソードを色々使わせてもらうけど。クレオパトラの物語なんてベースにすると面白そうだ。よし、書こう。

私は筆を走らせる。面会に応じてもらえなかったヒロインが、巻いた絨毯の中に身を潜め、仲間の手で将軍の邸内まで運び込ませるエピソードを書いていた時だった。

「雪花様！　なりません！」

仙月の厳しい声に顔を上げる。振り返れば、ブロンドの髪を興《シィン》風に結い上げた賞花宴の踊り子が、無邪気な笑みを浮かべ小走りで駆けてくるのが見えた。

（なぜ彼女がここへ？　あ、そういえば、後宮に入ったと子墨から聞いたような……）

「雪花様！　皇后陛下にお会いになりたければ、しかるべき手順を……」

「クラットルォイウォンクトゥナッダイ！」

（何語!?）

彼女は仙月に何かを返すと、笑顔で手を取り上下にぶんぶん振る。

（仙月に注意されているのが、理解できてないってこと？）

雪花は仙月の手を離し、あの夜の宴で見たのと同じ足取りで私へ距離を詰めてきた。

「ぅお!?」

「……フゥン」

そばに来た雪花は、私の書きかけの小説を覗き込む。

「えっと、もしかして興味ある？　文字が読めるなら写本を尚寝局に申請……」

「素敵な模様デスね！」

（え？）

呆気に取られている私から、雪花は筆を奪い取る。そして書きかけの紙に、鼻歌を歌いながらペタペタと落書きを始めた。

「ぎゃー！　原稿が!!」

「雪花様！　おやめください！」

仙月と若汐が飛びかかり、雪花の手から強引に筆を奪う。はずみで飛んだ墨が雪花の薄紫色の衣を転々と汚した。

雪花はそれを見てしばしの間ぽかんとしていたが、やがてその顔をぐしゃりと歪め、子どものように声を上げて泣き始めた。

（え……？）

雪花は来た時と同じ勢いで部屋から飛び出していく。振り絞るような泣き声が、だんだんと遠ざかっていった。

「なんなのでしょう、あの方は……」

呆れ果てたように仙月たちは彼女の去った方角を見つめる。私はといえば、謎の記号でベタベタに落書きされた原稿を見つめ、その場に崩れ落ちた。

(数頁分が、書き直しに。泣きたいのは、こちらなんですが?)

しばらくして、勝峰が私の部屋へ姿を現した。目を泣き腫らし鼻をすする雪花を伴って。

「雪花を怒鳴りつけたというのは本当か?」

「そんなことは……」

「嘘デス!」

空色の瞳から雫をこぼしながら、雪花は勝峰の腕にしがみつく。

「ワタシ、仲良くしたかッタ! ダケド翠蘭、怖い声出した! 他の人、ワタシを捕まえて、衣汚して引きずりマシた! 罪人のヨウに!」

えぇえ、すっごく流暢《りゅうちょう》!? いや、ちょっと待って。

「確かにびっくりして大声出しちゃったけど、それは彼女にこんなことされたからで」

私は落書きをされた紙を勝峰に見せる。

「これは……」

眉をひそめた勝峰に、雪花は涙を浮かべたまま愛らしく笑う。

「陛下、綺麗デショ？　ワタシ、模様描いたノ！　翠蘭とイッショ、仲良くシタ！」

「……あぁ」

勝峰は額を押さえため息をつくと、私を見た。

「雪花はまだこの国の文字を理解しておらず、お前の書いたものも何かの模様と思ったようだ。親交を深めるべく合作したつもりだったのだろう」

（えぇ⁉）

雪花の狼藉《ろうぜき》の証拠を見せてもなお、ことさらに彼女を庇う勝峰に、私は愕然となる。

なんなの、その雪花の行動に対する異様な寛容さは。

「無知な雪花にも非はあるが、捕らえて衣を墨で汚したのはやりすぎだ」

「してないよ！」

私にとってこの原稿がどれほど大事か知っているはずの勝峰が。私の気持ちに理解を示さないことに、少し苛立つ。

「びっくりして声を上げたのは本当だし、これ以上落書きされないように筆を取り上げたのは事実だけど」

「そうか。だが西方の貴族である雪花には、それらは野蛮な行為と映ったのかもしれんな」

じゃあ、どうしろと。

「陛下！」

雪花は勝峰の衣を掴み、悲しげに見上げる。

「ワタシの衣……」

雪花は墨で汚れた薄紫の衣を見せつけ、目を潤ませた。

「侍女ども」

勝峰は部屋の前で青褪《あおざ》めている雪花の侍女たちに、雪花を押しやる。

「雪花に着替えを」

「は、はい」

主の暴走に、雪花の侍女たちは可哀相なほどうろたえながら去っていった。

この一件はすぐに後宮内に広まった。そして意見は真っ二つにわかれた。〝雪花の無知と無礼に眉をひそめる派〟と〝雪花に乱暴を働いた翠蘭を批判する派〟だ。

それらは、私が朱蘭先生であることが知られた際にできた、私のファンとアンチにほぼ一致していた。二派は顔を合わせるごとに嫌みを交わし、時には掴み合いのけんかにまで発展することもあった。

（勘弁して！）

私が雪花にしたことについては尾ひれどころか背びれ胸びれまでついて拡散されていた。誰ぇ、私が雪花の髪掴んで口の中に墨を流し込んだなんてデマ流したのは。SNSの炎上ですかね？

（勝峰から、後宮内の対立を小説で解決しろと言われた矢先のこれ？）

この状態で小説を書いたとして、そもそもアンチがちゃんと読んでくれるかどうかも怪しい。作品は作者と分けて考えるべきか否か論争はたびたび起こるが、私だって苦手な作者の作品は避けてしまう。作品を読んでいてもつい作者の言動がちらつき、物語に没頭できなくなるからだ。

「困った方が現れましたわね」

晩秋には珍しく陽射しの暖かな日。私は香麗と御花園の円月橋の上にいた。

「本当にね」

私は深いため息をつく。

雪花はとんだトラブルメーカーだった。落書きの件以来、何かと絡んできてはいろいろなものを壊したり台無しにしたり。そのたび、なぜか私に悪い噂が立つのだ。そして最終的には『あんな小説を書く人だしね』でまとめられてしまう。小説関係なくない？

香麗も今日は、かなりおかんむりといった風情だった。

「最近、陛下が私の部屋へ来てくれなくなってしまいましたの。雪花のもとに入り浸ってばかりで。なんでも彼女の語る西方の貴族の文化や風習、生活様式や行事の話が興味深いんですって。毎晩聞いても飽きないほどに」

それは私もちょっと聞きたい。今後の小説の参考に。

「許せないのは、陛下が私のためにと手に入れてくださった西方の絨毯を、彼女は横合いから奪いましたのよ！　赤い花と白い羽の模様が美しく、気に入っておりましたのに」

「えっ？　それを勝峰は許したの？」

「戦火を逃れてきて故郷の品が懐かしいのだろうと、雪花を憐れんで……」

絹扇の影で、香麗は睫毛を濡らす。

「今は故郷を追われていてもいずれ事情が変わるかもしれない、だから雪花を無下にはできないんですって。後宮内では、私の天下が終わったなどと面白おかしく揶揄する者も出てきましたし。あぁ、私の愛した傲慢な陛下はどこへ行ってしまわれたの？西方の女のご機嫌取りばかりなさって」

（何やってんのよ、勝峰……）

常に国のことを一番に考える勝峰が、雪花を大切にする理由は理解できなくもない。

なにせ、正室すらお国事情最優先で決めてしまう人だ。全ては興の未来を考えてのことだろう。けれど、彼の行動は皮肉にも、後宮内に一層さざ波を立ててしまっている。

（うぅ、後宮はギスギスしてるし、面倒な人は来ちゃったし。何もかも忘れて、推しとのいちゃラブR－18夢小説だけを書いていたい！）

そんなことを思いながら、水面に目を落とした時だった。

「翠蘭！」

明るい声を上げながら駆けてくる人影が見えた。この後宮で、私を表立って呼び捨てるのは、勝峰以外ひとりしかいない。

（ぎゃー、また来たぁ！）

雪花が絡むといつもろくなことにならない。しかし避けたら避けたで『冷たくあしらわれた』と責められてしまうのだ。

彼女は飛ぶような勢いでこちらへ向かってくる。彼女を背後から追う侍女たちは大変そうだ。橋の階段を駆け上ると彼女は両腕を大きく広げ、私に飛びつこうとした。

「ちょっ、待っ！」

この橋の手すりは低く、私の膝ほどの高さしかない。あの勢いで抱きつかれたら、間違いなく池へ落ちてしまうだろう。

反射的に私は身をかわす。目標を見失った雪花は、なんとそのまま橋の手すりを飛び越えてしまった。

「危なっ！」

思わず手を伸ばす。すると雪花は私の手を掴み、泣きそうな顔をした。

（え？）

派手な水柱をふたつ立て、私たちは人工池に落下する。

「翠蘭様！」

「冷たっ！」

陽が射しているとはいえ、冬は目の前のこの時期だ。水遊びを楽しめる温度ではない。私は慌てて水の中から立ち上がる。

「翠蘭様、大丈夫ですの!?」

「だ、大丈夫じゃない！」

円月橋の上から身を乗り出す香麗のそばで、仙月たちは右往左往している。すると彼女らを押しのけるようにして、見覚えのある顔がぬっと現れた。

「あらぁ、朱蘭先生じゃございませんの」

ニヤニヤと笑いながらこちらを見下ろしているのは、麗霞だ。その隣には、彼女と普段から行動を共にしているふたりの后妃の姿も見える。

「新しい物語の発想を求めて、こんな真似をなさったのかしら？」

「肌の透けた濡れた衣で、男をたらしこむ話でも書くおつもり？」

キャハハとヒステリックな笑いが飛んでくる。

（いや、どうでもいい！）

今は一刻もこの水の中から脱出したい。ただただ寒い！

水から上がろうとしたものの両端は急斜面になっている上、服が水をたっぷり吸っており思うように上れない。上がろうとしてはずり落ちる泥まみれの私を、麗霞たちはさもおかしげに笑い続ける。気が付けばギャラリーは増え、こちらを心配そうに見守る者もいた。

「雪花？」

同時に落下した彼女を思い出し、私は振り返る。雪花は水の中に座り込んだまま遠い目をしている。いつもの無邪気さはそこにはなかった。

「雪花、このままじゃ風邪ひいちゃうよ。協力してここから上がろう」

「大丈夫、デス」

「ほら、立って」

私は彼女を水の中から引き揚げようとするが、雪花は頑として動かない。その時、橋の上に動きがあった。こちらを見下ろしていた后妃たちが、スッと姿勢を正し礼の姿勢を取る。やがて姿を現したのは、勝峰だった。

「どういうことだ」

勝峰は水の中でたたずむ私と雪花を見て、眉間に皺を寄せる。それを待っていたかのように、雪花が水の中から立ち上がった。

「陛下、助けてクダサイ」

(え？)

雪花は空色の瞳を潤ませ、勝峰に向かって抱っこをせがむ子どものように両手を上げる。

「ワタシ、翠蘭に殺されマス」

(なんで⁉)

「いい加減なことを言わないでくださいまし、雪花！」

香麗がきつめの声を上げる。

「あなたが翠蘭様を落としたのではありませんか！　陛下、私はこの目で見ましたわ」

仙月たちは、うんうんと頷く。しかし麗霞が、ずいと前へ出た。

「いいえ、陛下。私どもは翠蘭様が雪花を落とすのを確かに見ました。そのはずみでご自身も落ちたのは笑ってしまいましたが」

(はぁ⁉)

麗霞の言葉に、紫涵と夜鈴が力強く頷く。背後の侍女たちは気まずそうにうつむいていたけれど。

橋の上は大騒ぎになる。

「翠蘭様が、そんなことされるはずないわ！」

「でも、大勢の人が現場を見ていたのよ？」

「香麗様は違うとおっしゃってるじゃない！」

「香麗様は翠蘭様と仲良しだもの。都合のいい嘘をついてもおかしくないでしょう？」

あのー、盛り上がっているところ恐縮ですが、誰でもいいから私たちをここから救出してくれませんかね？　本当に寒いんで。

ガチガチ歯を鳴らしていると、派手な水音を上げ勝峰が池へと飛び込んできた。

「勝峰!?」

「陛下！」

選りすぐりの素材で仕上げられた豪奢な衣が台無しだ。

「勝峰、こういうのは皇帝の仕事じゃ……」

「陛下ぁ！」

雪花は勝峰の胸へと飛び込んでいく。

「怖かったデス」

「雪花……」

勝峰は雪花を受け止め、背と膝裏に手を回して抱き上げる。そして池のそばの通路へと彼女を押し上げた。

「翠蘭様でなく雪花を助けた」

そんな囁き声が、橋の上から聞こえる。

（勝峰……）

恋しく想う間柄ではないけれど、最近は分かり合えたと思っていたから、少し胸が痛んだ。

（勝峰、私が雪花を水に落としたと本気で信じちゃったのかな……）

だが次の瞬間、力強い腕が私を水の中から引き上げる。遠ざかった水面にぽたぽたと水滴が落ちた。

私は勝峰の腕の中に抱かれていた。

「う、え？」

「じっとしていろ」

勝峰は私を抱いたまま、こともなげに急斜面を上っていく。そして通路へ戻ると、御花園の出入り口に向かってずんずんと歩きだした。

「しょ、勝峰？　自分で歩けるよ」

「水で冷えきっている。俺に身を寄せていろ、少しはましだ」

(嘘でしょ?)

まるでヒロインのような扱いに、私は呆然となる。

「陛下!」

ずぶ濡れの雪花が、後を追ってきた。

「ワタシ水に落ちた時、足ケガしました。抱っこシテください」

「雪花。それはお前の宦官に頼め」

「エ……」

(勝峰!?)

立ち尽くしているずぶ濡れの雪花が遠ざかる。

「侍女ども、先に豊栄宮へ戻り、湯の用意をしておけ!」

「はいっ」

仙月たちが駆け足で先を行くのを見送り、私は目の前にある勝峰の横顔を見つめる。

「どうして……」

「お前を放っておけるわけがなかろう」

「え?」

勝峰は咳払いをひとつして、ちらりと私を見る。

「お前は俺の正室だ。どちらかひとり選ばねばならんとなれば、答えは決まっている」

正室だから？　立場で選んだってこと？

「……それだけ？」

勝峰の胸から、とくんとひとつ音がした。

「皇帝としての判断を抜きにしても、俺が選ぶのはお前だ」

頬を寄せた勝峰の胸に温もりが増す。そこからとくとくと規則正しい音が聞こえた。

「私が雪花を池に落としたって話は……」

「ありえん。なぜふたりが落ちたかは知らんが、少なくともお前はそんな人間じゃない」

「勝峰……」

蓮の池の前まで差しかかる。以前ここで落下しかけたのを、彼が防いでくれたことを思い出した。

「前に、この辺で落ちかけたの助けてくれたよね。あの時はありがとう」

「なんだ、今頃」

「お礼言えてなかったから」

「……ふん」

勝峰が照れくさそうに口端を上げる。水に濡れた体はすっかり冷えていたけれど、勝峰に触れている部分だけは温かかった。

■□■

「何やってんのよ」

自分たち以外の人影がなくなると、麗霞は雪花の横っ面を袖で引っぱたいた。

「陛下、あなたより翠蘭を選んだじゃない。下手くそ」

「ゴメ、ナサイ」

未だずぶ濡れの雪花は、冷たい風に身を震わせる。

「翠蘭の評判をもっと落とせると思ったのに」

「雪花の正体を言っちゃいましょ？　陛下は騙《だま》されたとお怒りになるわ」

麗霞たちの嘲り笑う声に、雪花は唇を噛みしめる。これまで麗霞の命令に、彼女は幾度も従ってきた。この寒い中、翠蘭を巻き込んで水に飛び込めと言われた時は耳を疑ったが。それはひとえに、後宮の温かな住まいと食事を失いたくないがためだった。

「待って、クダサイ」

立ち去ろうとする三人を雪花は呼び止める。

「ワタシ、翠蘭消しマス。ダカラ……」

雪花の思い詰めた瞳を見て、三人は薄く笑った。

第十話　私にできること　私の好きなこと

（うー、頭痛い。顔熱い……）

池に落とされた日の夜から、私は高熱で寝込んでしまった。やはり晩秋の寒中水泳は少々堪えたようだ。あれから二日が経つ。医学が発達したもとの世界であれば抗生物質もあるだろうが、生憎《あいにく》ここにそんなものはない。踏ん張れ、生薬。

寝たり起きたりを繰り返しているので、今が何時かわからない。夜であることだけは確かだ。

暗い室内から、仙月が灯りを手に一礼して出ていく。侍女たちは私の体調の急変に備え、夜間もこまめに様子を見に来てくれていた。

（あ、そうだ）

ふらつきながら、私は架子床から降りる。

（こんな高熱出したの初めてだし、ちょっと今の状態メモっとこ）

どんな体験でも創作の資料として残しておきたい、それが物書きの性だ。とはいえ、墨を磨るだけの元気はない。私は勝峰にもらった携帯用の筆を手に取った。

（これ、何かと役に立つなぁ）

その時、背後で扉が開いた。

（ん？　さっき出ていったところなのに）

起きだしているところを見つかれば叱られるかと思ったが、振り返った先にいたのはふたりの宦官だった。

（え？）

声を上げる間もなく私は腕を掴まれ、広げた絨毯の上へ放り投げられる。赤い花と白い羽の模様が目に映った。

（この絨毯……！）

すぐさまゴロゴロと回転が加えられ、簀《すのこ》巻き状態にされてしまう。

（何これ！　どういうこと!?）

ぐわっと乱暴に担ぎ上げられる気配。そのまま私の体はどこかへ運ばれていく。

（うぅ……）

高熱のせいもあり、私は揺れを感じながら気を失ってしまった。

目を覚ましたのは、どこかの小屋の中だった。絨毯は広げられ、私はその上に転がされていた。

「しかし、面白い考えですな。絨毯にくるんで連れ出せば、人を運んでいるとは思われないと」

「ウチの雪花の案です。なんでも皇后の部屋で読んだものを参考にしたとか」

（え？）

私は目を覚ましたのを悟られぬよう、会話する人物を薄目で見る。ふたりはさっき部屋で見た宦官だった。

(ウチのってことは、この宦官は雪花付き？　それに雪花が私の部屋で読んだって言った？　私の書きかけの小説のことだとすれば、雪花は文字を読めていた？)

なら、模様だと思ったという彼女の弁は嘘になる。

「目を覚ましませんな」

ふたりが私を見ている。私は気を失ったままの演技を続けた。

「まさか、きつく巻いたせいで窒息してしまったなんてことは」

「いや、息はしております。熱を出していたから、仕方ないでしょう」

「大丈夫ですかね？　病人は高く売れませんが」

「いや、腐っても皇后ですよ。興の皇后となれば、奴隷商も大枚をはたくでしょう」

(奴隷商に、売る!?)

「それに、雪花を高く買ってやった私に対して、舐めたことは言えんはずです」

(雪花を……〝買った〟？)

どうやら私はとんでもない状況に陥っているようだ。自然と鼓動が速まる。彼らに心音が気付かれぬよう、心を落ち着けようと努めた。

「やつめ、来ませんな。そろそろ落ち合う予定のはずだが」

「足場が悪いため、手間取っているのでしょう。例の夫婦和合の廟の横を抜ければ、人目につかず山へ入れるのだとか」

（！）

「夫婦和合の廟……。そういえばこの皇后、そこへ参ろうとして足を滑らせ大怪我をしましたな」

「あの時死んでいれば、こんな目に遭わずに済んだかもしれないと思うと、皮肉なものですよ」

（死んでいれば、じゃないよ！）

今、例の廟の近くってこと？　ならそれを勝峰に報告すれば救出してもらえる、……って、スマホないし、連絡先もない！　あぁ、文明の利器が恋しい!!

「遅いですな。様子を見てきましょう」

雪花付きの宦官が小屋から出ていく。残ったもうひとりもこちらをちらりと見た後、ひとつ身震いして小屋から出ていった。トイレだろうか。

（今のうち！）

私は起き上がり、この状況を脱するべく考える。違和感に目をやれば、靴が片方脱げていた。

（小屋の外にはさっきの宦官がいるだろうから逃げ出せない。他に出口もない。靴も片方ないから、そんなには走れない。なら……)

私は携帯用の筆を取り出す。攫《さら》われた際、とっさに胸元へつっこんでおいたのだ。

(ここに助けが到着した時、私が例の廟の横を抜けていくと記しておけば、追ってきてくれるかも。万が一の奇跡に賭けるしかないけど)

見張りがいつ戻ってくるかわからない。心許ない伝言板だが、何もしないよりはましだ。迷っている時間はなかった。

(メモが彼らに気付かれれば消される。そのためには……)

私は壁にさらさらと短い文を書きつけた。


「おや、目を覚ましておられましたか」

宦官のひとりが戻ってきたのは、書き終えて筆を仕舞い、絨毯の端で文字を書きつけた壁を隠し終えた時だった。やがて雪花付きの宦官と共に、髭面で人相の悪い屈強な体つきの男が小屋へと入ってくる。

「さぁ、いいところへお連れしますよ。皇后陛下」

■□■

勝峰を筆頭とする一団が小屋へ到着したのは、翠蘭が連れ出されてやや経ってからだった。

「ここにいるか！」

「誰もおらぬか」

松明で辺りを照らした勝峰は、残されている絨毯に気付く。

「これは、俺が香麗のために手に入れたものだ」

雪花に奪われたものではあったが。

「ここに立ち寄ったのは間違いありませんね」

子墨は懐から女物の靴を取り出す。彼のもとへ見回りの者から『暗がりの中、絨毯を担いでコソコソと門を出るふたりの宦官を見た』との報告が入ったのは黎明《れいめい》の頃。念のため翠蘭の部屋へ駆け付けるとそこに主の姿はなく、侍女たちがうろたえていたのだ。

門から少し離れた路上に翠蘭の靴が残されていたことから、絨毯を担いだ宦官が翠蘭失踪に関わっていると目星をつけ、少ない目撃情報を頼りにここまでやってきた。

「しかし絨毯はあったが、翠蘭がここにいたという証拠はない」

その時、辺りを調べていた井浩然が声を上げた。

「陛下、これは翠蘭様の筆跡では？」

「何!?」

勝峰は井の指差す場所へと目を凝らす。部屋の片隅には確かに、見慣れた文字が並んでいた。ただ……。

「……なんだこれは」


『男は女を奪った。裾までしとどに濡れそぼる荒々しい肌を上りつめ、ぬらつきに足を取られつつも聖天の固き扉を抜ければ、ついに夫婦と成る。男は人目もはばからず歓喜の声を上げ、茂みの奥へと分け入れば、後はただ忘我の境地である』


「何を考えているのだ、あの馬鹿は!!」

そこに記された艶本の一節らしきものに、勝峰は怒りを爆発させる。

「記してゆくのであれば、役に立つ情報を書いていけ！　なぜこの期に及んで、こんなものを残した!?」

「お待ちください、陛下」

キレた勝峰へ、子墨は冷静に告げる。

「畏れながら、こちらは翠蘭様からの符丁では？」

「これのどこが符丁だというのだ！」

「この文章にはいくつか妙な部分が見受けられます。例えば『荒々しい肌』、これは女人を表現する際にまず使いません。『足を取られる』も、この文脈ではしっくりきません」

子墨の指摘に、勝峰はやや落ち着きを取り戻す。

「そして気になるのはここです。『聖天』、これは夫婦和合を司る神でございます」

「それがなんだ」

「ここよりほど近い場所に、翠蘭様がかつて参拝なさった夫婦和合の廟がございます。それは川沿いの荒々しい岩場をよじ登っていかねばなりません。その足元は苔でぬるついているとか。……この文を彷彿とさせませんか？」

勝峰は頭痛を起こしたように額に手をやりながらも、翠蘭の文を紐解く。

「……夫婦和合の廟の横を通り抜ければ、人目につかず山の中へ逃げ込める。そうなれば自分は忘れられる、そんな意味にも取れるな」

「はい。少なくともボクにはそう読み取れました」

「子墨、お前の頭脳は信用している。……だが」

勝峰はぶるぶると身を震わせ、そしてもう一度爆発した。

「もう少しましな伝え方はできなかったのか、あやつは！」

「仕方ないことでしょう。具体的に書けば、かどわかしの犯人に見つかった際に消されかねませんので」

井が先に立ち小屋を出る。

「陛下、急ぎ参りましょう。悠長にしていては、翠蘭様の御身が」

「そうだな」

勝峰は隊を分け、自らは井や子墨ら少数の兵と廟を目指すとし、残りの者には周辺をさらに探すよう命令した。

■□■

（怖すぎる!!）

私は縛り上げられ、屈強な奴隷商の肩に担がれていた。男は濡れた苔に覆われた岩の急斜面を、がしがしと登っていく。壁面を登るゴリラのモンスターのようだった。

彼が岩場を登るほどに、逆さま状態の私は遠ざかる地面を見ることとなる。時おり、彼が足を滑らせると、猿轡《さるぐつわ》をされた私の口から悲鳴が漏れた。

「うるせぇ、喚くんじゃねぇ！」

（そんなこと言われても！）

男は胴間声で怒鳴ったが、すぐに面白がるような口調に変わる。

「まぁ、どんだけ叫ぼうと、お前の声なんぞ水音にかき消されるし、この時刻にこんな場所へ来るもの好きはいないがな」

なら叫ぶくらい好きにさせてほしい。

（あ……）

小さな祠《ほこら》のような廟が目に入った。『聖天』の文字が見える。

（これが、翠蘭のお参りしたかった廟かな）

かつて足を滑らせ、参拝が叶わなかった場所。ここを越えれば、山が私たちの姿を覆い隠してしまう。

（やっぱり、あんなメモで見つけてもらおうなんて無謀な話だったんだ。そもそもあの小屋まで誰かが辿り着けるかどうかも謎だし。私、単に小屋の壁に官能小説書いてきただけの変な人だよ。売られたらどうなっちゃうんだろう……）

熱で朦朧《もうろう》とした頭が、考えるのをやめる。思考を放棄しようとしたその時だった。

「翠蘭様！」

ひどく懐かしい声に、私は目を開く。暗がりの中、ひとつの姿が見えた。

（オークウッド中尉!!）

キラキラと輝くゆめかわ色を背景に、十年来の推しが駆け付けてくる幻想が見える。

それは近づくごとに、井総督の姿へと変化した。

(井総督が助けに来てくれた!)

「翠蘭様!」

うっすら差してきた朝の光の中、彼の後ろに兵たちが続いているのが見える。

「チッ、追手か」

奴隷商は逃げ足を速める。しかし、若くして総督の地位を得たほどの実力者、井浩然を振り切るのは容易ではない。

「今お救いいたします、翠蘭様!」

(最高!)

私は目を閉じて彼の声に集中する。頭の中には、駆け付けてくるオークウッド中尉の姿がありありと浮かんでいた。声はどんどんと近づいてくる。

あと少しで推しが私を取り返してくれる、そう思った時だった。

「しゃらくせぇ、捕まるよりはましだ!」

舌打ちをしたかと思うと、奴隷商は躊躇《ちゅうちょ》なく私を追手に向けて放り出した。

(え?)

体が宙を舞う。井総督が目を大きく開いた。

足元は険しい上、ぬるつく岩場だ。いくらこの体が軽くても、体当たりされればひとたまりもないだろう。井総督は背後に続く兵たちを巻き込んで転落するに違いない。

だがその時、横合いから伸びてきた腕が私の胴を攫った。

「!?」

そのまま強引に藪の中へと引きずり込まれる。

(ひぃ！　悪人の仲間!?)

手から逃れようと私は身を捩る。

「んー！　んんーっ!!」

「落ち着け、暴れるな！　俺だ！」

「!?」

よく知る声に、私は恐る恐る振り返る。菫色の目が私を見下ろしていた。力強くも美しい指先が、私の口から猿轡を取り払う。

「勝峰……」

「間に合った」

その服や髪には葉や小枝が絡み、ズタボロだ。藪の中を抜けてきたのだろうか。その後方には似た状態の子墨の姿もある。私を包む腕がするりと動いたかと思うと、私は勝峰にきつく抱きしめられた。

井総督をはじめとする一団が、目の前を素早く移動してゆく。やがて遠くで剣戟の音が響き、続いて野太い叫び声が聞こえた。

（助かった……？）

私は勝峰の顔を見上げる。温かな胸と落ち着く匂いと菫色の瞳。

「……なに、やってんの勝峰」

危機を脱した安心感からか、口元が勝手に緩む。

「どういう意味だ」

勝峰は短刀を取り出すと、私を縛めていた縄をぶつんと切った。自由になった腕を伸ばし、私は彼の艶やかな髪に絡んだ小枝や葉を取る。

「皇帝自らこんな危険なところ出てきちゃだめでしょ。おかしいよ」

「おかしい？　俺がか？」

私は頷き、金糸の縫い取りのまばゆい漆黒の衣についた枯れ草を払う。

「だって皇帝に何かあれば、それこそ国が傾くよ。それは勝峰にとって最も望ましくないことだよね？」

ごみを取る私の手を勝峰が捕らえた。

「その程度のことお前に言われなくともわかっている。だが……」

私を抱える手に力がこもり、ぐいと引き寄せられる。

「俺がこの手でお前を救いたかった」

耳元で甘く囁かれ、私はビクッと身をすくめた。勝峰が手を緩め、再び顔が見える。目が合うと、勝峰は意地悪く笑った。

「俺のことを、おかしいと言ったな。艶本を書く皇后よりは常識的だと思うが？」

「うっ」

私の反応に気をよくしたのか、勝峰が高らかに笑う。そして捕らえていた私の手を持ち上げ、爪の先へ自らの唇を押し付けた。

（ひぇ⁉）

ありえない扱いに私は口をぱくつかせる。勝峰は目を細め、さらに私の手へ甘えるように頬をすり寄せてきた。

「俺たちが変わり者同士だとすれば、相性はいいかもしれんぞ？」

未知の衝撃に、頬から耳が燃えるように熱くなる。その途端、急にひどい眩暈を覚えた。頭の中がチカチカと点滅し、やがて白く染まってゆく。

「翠蘭？　しっかりしろ、翠蘭！」

勝峰の腕の中で、私は意識を手放した。

目を覚ましたのは、翌日の夕方のことだった。もともと高熱を出していたのに加え、心身共に激しい負担がかかったため眠り続けていたようだ。

「雪花は冷宮送りになりました」

仙月は固い表情のまま、私の口へおかゆを運ぶ。冷宮とは后妃の牢獄のような場所だ。

「雪花が？」

「えぇ。翠蘭様を奴隷商に売り渡す手はずを整えたのは、雪花でした。驚いたことに雪花自身がもともと奴隷だったようです」

（あっ……）


——雪花を高く買ってやった私に対して、舐めたことは言えんはずです。


あれはそういう意味だったのだ。

「じゃあ、西方の貴族の娘という話は……」

「大嘘ですよ。雪花は自分をここへ売った商人と連絡を取り、翠蘭様を売り渡そうとしたのです。恐ろしいことです」

仙月は眉をしかめ、身震いする。

「当然ながら共謀者である宦官は、即座に処されましたわ」

（共謀した宦官……）

私を絨毯で巻いて連れ出した彼のことだろう。

「さぁ、お休みなさいませ」

おかゆを食べ終えた私に、仙月は布団をかける。

「命があって何よりでございました。こんなこと二度もあってはなりませんのに」

仙月の目は赤くなっている。ひょっとすると私が攫われてから目を覚ますまでの間、十分な休息をとってないのかもしれない。

（雪花が囚われて宦官が処されたのなら、もう心配事はないかな……）

目を閉じるとすぐに睡魔が襲ってくる。私はそれに素直に身を任せた。

次に目が覚めたのは明け方だった。うとうとしていた私の頭の中に、ふとひとつの映像が蘇る。それは雪花が私を池の中に落とそうとした際に彼女が見せた、泣きそうな顔だった。

私は体を起こす。熱は完全に引いたようだった。上衣を羽織ると、人気のない道を冷宮へとひとり向かった。

汚れ切った粗末な小屋から聞こえてきたのは、か細い歌声だった。

（もう起きてる）

窓がないため、時間の感覚が掴めないのだろうか。異国の言葉ゆえ歌詞の内容はわからない。メロディは明るいのに、なぜか胸が締め付けられた。

「雪花」

私が扉の外から声をかけると、歌声が止まった。

「私、翠蘭」

「……翠、蘭」

部屋の中から震える声が返ってきた。

「ワタシ、死刑なるコト言いに来ましたか？」

「違うよ。お話ししたくて」

しばし沈黙が漂う。やがて扉の向こうから聞こえてきたのはすすり泣く声だった。

「……ゴメ、ナサイ」

「え？」

「ワタシ、悪いコトいっぱいしタ。ウソついタ。翠蘭に嫌なコト、したタ」

彼女は自分の行動の意味を、自覚していたようだ。

「どうしてそんなことしたの？」

「奴隷のコト知られたくなかっタ。命令、逆らえなかっタ」

「逆らえない？　誰に？」

ボロボロの板壁の向こうで、微かに息を呑む声がする。

「……言えまセン」

（雪花……）

冬に入った朝の空気は身に染みる。私はカワセミ色の衣の襟元を、隙間のないようきゅっと引き寄せた。

「池の中に私を落としたのも、命令だった？」

「………」

しばしの沈黙の後、消え入るような声で「ハイ」と彼女は答える。あの時の表情の意味がわかり、私は少しだけほっとした。

（誰の命令かわかれば、彼女をここから出してあげられるかもしれないのに）

だが、宥めすかしても彼女は頑として口を割らない。その行動には、命令に逆らえない奴隷として生きてきた彼女の人生が表れているようで、憐れみを覚えた。

こちらも命令と言えば口を割らせることができたかもしれない。しかし、それは気が進まなかった。

「雪花、さっき歌ってたのは？」

「わかりまセン。子どもの頃、聞いタと思いマス」

「そっか。雪花がいたのはどんな国だったの？」

「わかりまセン。あちこち送られマシタが、見てイタのはいつも小さな小屋の中ダケ」

「でも、勝峰に色々話してたよね？」

「アレはご主人様の話。仕事の時見ていたご主人様タチの生活デス。ウソも言いマシタ」

つまり労働の合間に垣間見ていた貴族の様子を、想像も交えながら勝峰に語っていたということか。それでも、勝峰が毎晩部屋を訪れて聞きたくなるほどだったのなら、優れた想像力や話術の持ち主じゃなかろうか。

「デモ、多分陛下、ワタシのウソ、わかってマシタ」

「えっ？」

「陛下はキットわかってテ、ワタシから何かを聞きだそうト、してタ思いマス。イツモ探るヨウな目、してマシタ」

（勝峰、最初からそのつもりで雪花のもとを？）

この世界で息を吹き返したばかりの私であれば、とても信じられなかっただろう。けれど彼の様々な面を知った今なら、ありえない話ではないと思えた。

薄紫色の空に朝陽が差し、雲が金色に染まり始める。

「あっ。そういえば雪花、私の書いた文字読めたんだね！　ほら、絨毯で巻く話」

「！　ゴメナサイ……」

「怒ってないよ。雪花はいくつ言葉がわかるの？」

「……五つ。言葉を知っていれバ、仕事が少し楽になりマス。殴られるコトが減りマス」

五ヶ国語⁉　それは学習能力や知性もかなり高いと言える。

ふと、賞花宴の時の彼女の艶姿を思い出した。

「踊りも上手だよね。あの宴の時、すごかったよ」

「……いろんなコトできると、ご主人様優しくなりマス。ダカラ、たくさんのこと覚えました。デモ……」

「でも？」

雪花の声が震える。

「ご主人様、ワタシを好きになると、奥様がワタシを嫌いになりマス。奥様が怒ると、ワタシ売られマス」

（あ……）

「もう、奴隷に戻りたくナカッタ……。次にワタシ買う人、怖い人だッタらどうしようと怯えるノ、嫌だッタ……」

彼女には、その美しさ故に舐めざるを得なかった辛酸があったのだろう。かつての立場に戻りたくない、そう願う彼女の弱みを握り、いいように操った人間がこの後宮にいたのだ。ただ、私への嫌がらせのために。

(ひどい……)

「ねぇ、雪花を脅していたのは宦官の人？　なら、もういないから大丈夫だよ？」

「…………」

雪花は黙り込んでしまう。どうやら他にいるようだ。

(じゃあ、ここから出してあげたとしても、ずっと雪花はその人たちに怯えて暮らすことになる。私がしてあげられることは……)

「翠蘭！」

朝の空気を切り裂いて、朗々たる声が私の名を呼んだ。壁の内と外、同時に息を呑み飛び上がる。

「勝峰……、脅かさないでよ」

「驚いたのはこっちだ！」

ずかずかと歩み寄ってくると、勝峰は私をひょいと抱き上げる。

「体調を崩しているというのに、こんな寒い中出歩きおって」

「熱なら下がったよ？」

「なら、毛皮を羽織れ」

勝峰に抱き上げられた私は、冷宮を後にする。

「やはり冷え切っているではないか、全く……」

「勝峰」

「なんだ」

「雪花を、私の侍女にもらえない？」

勝峰が渋い顔つきとなる。

「正気か。あやつはお前を売り飛ばそうとした大罪人だぞ」

「誰かの命令だったみたい」

「……それは知っている」

（えっ）

私は勝峰を見上げる。朝の光が彼の輪郭を金色に染めていた。

「雪花の後宮入りに関して、俺は初めから疑念を抱いていた。背後にどのような勢力がいて、何を企んでいるのか。西方の没落姫などと陳腐な作り話までして、俺のそばに雪花を置こうとする理由は何か。あれの部屋へ足しげく通ってみたのも、目的を探るためだった」

（あ……）

――陛下はキットわかってテ、ワタシから何かを聞きだそうト、してタ思いマス。

雪花の推測は、正しかったのだ。

「蓋を開けてみれば単に愚かな宦官が、手駒の后妃で俺を骨抜きにして実権を握ろうとしていただけだったがな。侵略者による罠の線を警戒していたが、杞憂だったようだ」

ふいに勝峰の目に鋭い光が射す。

「寵姫で身を持ち崩すなど、俺の最も嫌うことだ。その上あやつは自分の計画の妨げとなるお前を、俺の前から消そうとした。……万死に値する」

私を抱く勝峰の手に力がこもる。

「翠蘭、あの時は悪かった」

「あの時？」

「お前の大切な小説に、雪花が落書きをした時のことだ」

菫色の瞳が気遣うように私を見る。

「雪花の狙いを探るためやむを得なかったとはいえ、お前に嫌な思いをさせた」

（雪花の狙いを……）

あの時の勝峰の意図がようやくわかり、ほっとする。

「そういうことなら、まぁ」

私の気の抜けた返事に、勝峰が少し笑った。

「しかしわからんのは、雪花の度重なるお前への嫌がらせだ。あれは宦官の指示ではなかったようだ」

「うん。彼女に命令した人が他にもいたみたい」

「それは誰だ」

「……わからないけど」

私の言葉に勝峰は眉間の皺を深くし、首を横に振る。

「なんにせよ実際に手を下したのが、あの女であることは事実だ。そんな危険人物を、お前の侍女にはできん」

「もったいないよ。彼女の語る世界の話は面白い。それは勝峰がよく知ってるでしょ？」

「…………」

「後宮をまとめる小説を書くのに、彼女が必要なの。お願い、勝峰」

勝峰は足を止める。

「……翠蘭、お前はお人よしが過ぎる。皇帝の正室に手を出した者など死罪が当然だ。冷宮行きでも相当甘い処遇だぞ」

「わかってる、ごめん。でも……」

私は勝峰の菫色の瞳をまっすぐに見返す。

「私、周囲に不幸な人がいてほしくないの。……物語は幸せな結末が好きなんだ」

勝峰は私をじっと見下ろしていた。やがて諦めたように長い睫毛を伏せ、深々とため息をついた。

「お前の作品を見ていればわかる」

「勝峰」

「だがすぐには無理だ。しばし待て」

勝峰が再び歩き始める。私はその胸へ頭をもたせかけた。頭上で、密かに息を呑む気配がした。

「信じてるね、勝峰」

だめ押しにもう一度言うと、勝峰はやれやれと言った風に私を見る。勝峰の瞳には、訴える眼をした私が映り込んでいた。やがて勝峰はひとつため息をつき、私から視線を逸らす。

「……厄介な女だ」

■□■

事態は思わぬところから動いた。雪花付きの宦官が処されたことを知り、他人事ではないと恐怖にかられた麗霞付きの宦官が、主の所業の全てを子墨に打ち明けたのだ。

「な、なんですの!?」

今まさに眠りにつこうとしていた麗霞のもとへ、子墨を筆頭に宦官たちが踏み込む。

宦官たちは後ろ手に縛り上げた紫涵と夜鈴を、麗霞の前に突き出した。

「……どういうつもりですの？」

麗霞は自分をぐるりと取り囲む宦官たちをキッと睨み据える。だが勝峰の登場に、麗霞は目を見開いた。

「陛下……」

「ほら、言いなよ」

子墨は、蒼ざめてガタガタ震える宦官を前へ押しやる。宦官は懐から千切れた革を取り出すと、勝峰へ見せた。

「こ、これは、皇后陛下の靴の裏にあった、滑り止めです」

麗霞の顔色がさっと変わる。

「翠蘭様が廟に行く途中で足を滑らせたのは」

「お、おやめ！」

「これを取り外したのが原因でございます」

「黙りなさいっ！」

「黙るのはお前だ」

金切り声を上げる麗霞を、勝峰はギロリと睨む。麗霞は唇を噛みしめ、ぶるぶると身を震わせた。

「続けよ」

「はっ。わ、私がこれを剝ぎ取りました。麗霞様の御命令だったのです！　どうかお許しを!!　お許しくださいませ!!」

「ご覧ください、陛下」

子墨が懐から、仙月のもとで保管されていた翠蘭の靴を取り出す。証拠の革と翠蘭の靴に残された皮は、切り口が完全に一致した。

勝峰は足元に這いつくばる哀れな宦官をギロリと見下ろす。そして氷のような眼差しを麗霞に向けた。

「どうだ、麗霞」

「存じません！」

双眸から真珠のような涙をこぼし、麗霞は陥れられた哀れな女を装う。

「濡れ衣でございます。なぜ私がそのようなことをいたしましょう」

「だ、そうですよぉ。紫涵様、夜鈴様」

子墨が、引き立てられ跪いたふたりを振り返る。

「あなた方はこれまで翠蘭様にしてきたことを全て吐いてくれましたね」

自分と視線を合わさずただ震えているふたりを、麗霞は信じられないものを見る目で見る。

「全て吐いた、ですって?」

「そうなんですよぉ。おふた方、とーっても協力的でして」

子墨が猫のように目を細める。

「でも、麗霞様が何もなさっていないのであれば、責めはこのふたりだけが負うことになりますねぇ」

子墨の言葉に、ふたりの后妃はぎょっと顔を上げる。そしてふたりは競うように麗霞の悪事を並べ上げ始めた。

「雪花に命令をして翠蘭様を陥れるよう命じたのは麗霞様です!」

「翠蘭様の悪い噂を広めたのも麗霞様です!」

「それだけでなく、陛下が翠蘭様のもとへ行かれる日は、毒性のある果実を翠蘭様の食事に忍ばせました!」

勝峰は息を呑む。かつて翠蘭は訪問するたびに腹痛や吐き気などの不調を訴え、勝峰を追い返してばかりいた。仮病を使ってまで自分を拒む、それが彼女自身の意志だと誤解した勝峰は、いつしか豊栄宮に背を向けるようになっていた。

「は、はい」

（あれは仕組まれたものだったのか。翠蘭が毒に苦しめられていることにも気づかず、俺は……）

「あなたたち……！」

麗霞の顔は怒りを含んで赤黒くなる。さらに追い打ちをかけるように、普段彼女に不満をためていた宦官たちも、我先にと麗霞から受けた仕打ちを並べ立てた。麗霞の日頃の行いは、ここへ来て全て勝峰に知られるところとなった。

「申し開きはあるか、麗霞」

「……ございません」

もはや逃げ場がないと悟った麗霞は、抵抗する気力もなくしその場に崩れ落ちる。

勝峰がさっと手を振ると、宦官たちは三人の后妃を引き立て部屋から出ていった。

床の上で身を縮めていた宦官へ、勝峰は刺すような眼差しを向ける。

「お前も立ち去れ。命令されていたとはいえ、従った事実は消えん。今すぐ城内から消え失せろ。次に俺の前に現れたら命はないと思え」

「ひっ！」

麗霞付きの宦官は足をもつれさせながら部屋から逃げ出していった。

「子墨」

「はい」

「麗霞、紫涵、夜鈴の三人は冷宮へ、代わりに雪花を出すよう手配しろ」

「かしこまりました」

静まり返った邸内で、勝峰は声のトーンをやや落とす。

「くれぐれも、このことは翠蘭に知られんようにな。あやつはどんな悪人であろうとすぐに同情し、仏心を出そうとする。だが、今回ばかりは俺が許せんのだ」

「はい」

子墨は恭しく頭を下げた後、悪戯っぽい笑みを浮かべる。

「では、翠蘭様に悟られぬよう実行いたします。知られれば陛下が好感度を下げてしまいますものね」

「黙れ」

■□■

「おー、それでそれで？」

「ハイ、バターを塗った容れモノに全部の材料を入れて焼くダケです」

「すごい、調理法が大胆！」

私は新たな物語を書くべく、侍女となった雪花から様々な話を聞き出していた。この中華風の世界では珍しい逸話の数々に、仙月たちもつい聞き入ってしまう。ただし、理解できない単語も多々あるようだったが。

（雪花、元気そうだな）

かつて雪花を操っていた宦官の処刑について聞かされても、まだ彼女は他の誰かに怯えていた。しかし今の彼女は全ての憂いから解き放たれたように、すがすがしい笑顔をしている。

あれから子墨より『雪花についてはなんの心配もいりません。翠蘭様の敵に関しても片がつきましたのでご安心を』と聞かされたのだが——。

（また意味深な言い方して。余計に気になるわ！）

「賑やかだな」

考えに耽っていた私を現実に引き戻したのは、勝峰の声だった。侍女たちは慌てて姿勢を正し、一礼すると部屋から出ていく。

「翠蘭。お前に、いくつかの品を持ってきてやったぞ」

「品？　どうして？」

「この俺が正室に贈り物をするのに理由がいるか？　そうしたいと思ったからだ」

私が首をひねると、勝峰はひとつ咳払いをした。

「まぁ、ここのところ色々あったからな。それへの慰めと思えばいい」

勝峰が背後に合図を送ると、大勢の宦官が何やら抱えてどやどやと入ってくる。目の前に次から次へと並べられるのは、大輪の花やアクセサリー、贅を凝らした衣や珍しい食べ物。まさに壮観だ。

その様子を眺めながら、私は先ほど抱えていた疑問を勝峰にぶつけた。

「ねぇ、子墨の言った意味、勝峰にはわかる？」

「さてな」

「雪花について心配ないのはありがたいけど。私の敵が片付いたってどういうこと？ていうか、敵⁉」

勝峰は口元に柔らかな笑みを浮かべ、私の髪をひと房すくう。

「今、お前を悩ませるようなことは起きているか？」

「え？」

言われてみれば、ない気がする。以前向けられていた悪意ある視線や悪口をはじめ、私を陥れるような動きは、ここのところ全く感じない。不思議なほどに。

「……ない、かな」

「なら、よいではないか。それより見ろ、国内外から取り寄せた、お前に相応しいものだぞ」

勝峰は衣を手に取り、私に見せつける。

「どうだ、この意匠は！　品位がありながら斬新であり、何よりお前に似合うとは思わんか？」

「わぁ、すごい」

「こちらの宝玉を見よ！　これを見た時、お前の瞳を思い出したぞ」

「おぉ、綺麗」

得意げに胸を張る勝峰を前に、以前とはずいぶん違うものだと私は苦笑する。だが、勝峰は私の薄いリアクションがお気に召さなかったようだ。

「なんだ、嬉しくないのか」

「そんなことないよ」

山と積まれたプレゼントを、私は見回す。

「ありがとう」

「…………」

礼を述べても、勝峰は不服そうな顔をしている。やがて「やはりこれか」と呟き、後方へ手で合図を送った。間もなく、新しい筆と墨と大量の紙を手にした宦官が入ってくる。私は思わず身を乗り出した。

「うぉおお！　小説書き放題!!」

私は両手の拳を天に突き上げ、勝利の雄叫びを上げる。

「ありがとうっ、勝峰！」

「あ、あぁ」

勝峰は口端を僅かにひくつかせ、額に手を当てる。

「先ほどとはずいぶん態度が違うのではないか？」

「そうかな？」

「そうだ」

勝峰が顔から手を外す。あらわになった双眸は、思いの外穏やかな光を宿していた。

口元に浮かぶは柔らかな微笑み。

「お前は金銀財宝よりも、こちらを喜ぶのだろうな」

「えへ」

私の反応に勝峰は小さく噴き出し、ククッと喉の奥で笑った。

「少しは気を使って否定しろ」

「ごめん、……あっ！」

「どうした」

「さっき、雪花から聞いた話でひらめいちゃった。忘れないうちに書いていい？」

勝峰がぽかんとなる。やがておかしそうに笑ってから、彼は大きく息をついた。

「……好きにしろ」

「っしゃ！」

私は早速、勝峰から贈られた紙に筆先を下ろす。そして頭に浮かぶ光景を、勢いよくそこへ書き写した。

私の執筆する様子を勝峰がずっと眺めていたことに気付くのは、書き上げた五時間後のことである。

——終——

あとがき

はじめまして、香久乃このみです。この度は本作をお手に取っていただき、誠にありがとうございます。

こちらの物語は元々、スターツ出版様の小説投稿サイト『ノベマ！』にて行われた、『キャラクター短編小説コンテスト』への応募作として書いたものでした。

このコンテストを知ったのはほぼ偶然に近く、ＳＮＳをなんとなく覗いていた時のこと。突如そのお題が、私の目に飛び込んできたのです。

『型破り後宮妃の逆転ストーリー』

その時はなんとなく流してしまいました。けれど日を追うごとに、お題が鮮やかに脳裏に蘇ります。まるで一目惚れした相手の魅力が、時間差でじわじわと効いてきたように。そして数日後、再びそのポストが私のタイムラインへと現れました。胸が高鳴り急かされるような思いで、すぐさま応募要項を確認しに行ったのを覚えています。あの不思議な体験は、こうして一冊の本になる未来に繋がっていたのでしょうか。

この物語を思いついたきっかけは、友人たちの生き様でした。それぞれ趣味を大事にして、仕事や責務の合間を縫って積極的に楽しむ姿は、実に魅力的なのです。「趣味に没頭するだけの毎日を過ごせたらいいのにね」なんてこぼし合うことも。中には冒頭の朱音と似た悩みを抱えた人もいました。そんな折「皇帝の訪れのない後宮妃は、あり余る時間を趣味に費やしていた」という話を読んだ私は思ったのです。「もうみんな、後宮に入っちゃえばいいじゃない！」と。実際はそんな単純な話でもないのでしょうが、その時の発想がこの一風変わった後宮物語を生みました。結果、『型破り』と言うお題に合致したのは、とても幸運だったと思います。

なお、ノベマ！版のタイトルは『皇后さまの官能小説』でして、書籍化を公表した際、周囲からは「本屋で注文できない」「店員さんに問い合わせできない」「部屋に置きにくい」と大変好評（？）でした。皆様が安心してお手に取れるタイトルにしていただいたこと、感謝しております。

最後となりましたが本作の書籍化にあたり、素敵なイラストで物語を華やかにしてくださった甘塩コメコ先生、ありがとうございます。

また担当編集様を始め、この作品を形にするためご尽力くださった関係者様方、この物語に興味を持ってくださった読者の皆様方に、心より厚く御礼申し上げます。

香久乃このみ

この物語はフィクションです。実在の人物、団体等とは一切関係がありません。

香久乃このみ先生へのファンレターのあて先
〒104-0031　東京都中央区京橋1-3-1　八重洲口大栄ビル7F
スターツ出版（株）書籍編集部 気付
香久乃このみ先生

後宮の幸せな転生皇后

2024年7月28日　初版第１刷発行

著　者　香久乃このみ　©Konomi Kakuno 2024

発 行 人　菊地修一
デザイン　カバー　AFTERGLOW
　　　　　フォーマット　西村弘美
発 行 所　スターツ出版株式会社
　　　　　〒104-0031
　　　　　東京都中央区京橋1-3-1　八重洲口大栄ビル7F
　　　　　TEL　03-6202-0386（出版マーケティンググループ）
　　　　　TEL　050-5538-5679（書店様向けご注文専用ダイヤル）
　　　　　URL　https://starts-pub.jp/
印 刷 所　大日本印刷株式会社

Printed in Japan

ISBN　978-4-8137-1614-3　C0193

スターツ出版文庫　好評発売中!!

『私を変えた真夜中の嘘』

不眠症の月世と、“ある事情”で地元に戻ってきたかつての幼馴染の弓弦。(『月よ星よ、眠れぬ君よ』春田モカ)、“昼夜逆転症”になった栞と、同じ症状の人が夜を過ごす“真夜中ルーム”にいた同級生の旭。(『僕たちが朝を迎えるために』川奈あさ)、ビジネス陽キャの菜月と、クラスの人気者・颯馬。(『なごやかに息をする』雨)、人気のない底辺ゲーム実況者の周助と、彼がSNS上で初めて見つけた自分のファン・チトセ。(『ファン・アート』夏木志朋)、真夜中、嘘から始まるふたりの青春。本音でぶつかり合うラストに涙する！心救われる一冊。

ISBN978-4-8137-1600-6／定価737円（本体670円+税10%）

『最後の夏は、きみが消えた世界』　九条蓮《くじょうれん》・著

平凡な日々に退屈し、毎日を無気力に過ごしていた高校生の壮琉《たける》。ある放課後、車にひかれそうな制服の美少女を救ったところ、初対面のはずの彼女・弥凪《みなぎ》は「本当に、会えた……」と呟き、突然涙する。が、その言葉の意味は誤魔化されてしまった。お礼がしたいと言う弥凪に押し切られ、壮琉は彼女と時間を過ごすように。自分と違って、もう一度人生をやり直すかのように毎日を全力で生きる弥凪に、壮琉は心惹かれていく。しかし、彼女にはある秘密があった…。タイトルの意味、ラストの奇跡に二度泣く！世界を変える究極の純愛。

ISBN978-4-8137-1601-3／定価814円（本体740円+税10%）

『鬼の軍人と稀血の花嫁～桜の下の契り～』　夏《なつ》みのる・著

人間とあやかしの混血である“稀血”という特別な血を持ち、虐げられてきた深月。訳あって“稀血”を求めていた最強の鬼使いの軍人・暁と契約し、偽りの花嫁として同居生活を送っていた。恋に疎い深月は、暁への特別な感情の正体がわからず戸惑うばかり。一方の暁は、ただの契約関係のはずが深月への愛が加速して…。そんな中、暁の秘められた過去の傷を知る幼馴染・雛が現れる。深月が花嫁なのが許せない雛はふたりを阻むが、「俺が花嫁にしたいのは深月だけだ」それは偽りの花嫁として？それとも…。傷を秘めたふたりの愛の行方は──。

ISBN978-4-8137-1602-0／定価726円（本体660円+税10%）

『余命わずかな花嫁は龍の軍神に愛される』　一ノ瀬亜子《いちのせあこ》・著

帝都の華族・巴家当主の妾の子として生まれてきた咲良は義母に疎まれ、ふたりの義姉には虐げられ、下女以下の生活を強いられていた。ある日、人気のない庭園で幼いころに母から教わった唄を歌っていると「──貴女の名を教えてくれないか」と左眼の淡い桜色の瞳が美しい龍の軍神・小鳥遊千桜に声をかけられる。千桜は咲良にかけられた“ある呪い”を龍神の力で見抜くと同時に「もう俯く必要はない。俺のもとに来い」と突然婚約を申し込み──⁉余命わずかな少女が龍神さまと永遠の愛を誓うまでの物語。

ISBN978-4-8137-1603-7／定価726円（本体660円+税10%）

スターツ出版文庫　好評発売中!!

『大嫌いな世界にさよならを』　音《おと》はつき・著

高校生の絃は、数年前から他人の頭上にあるマークが見えるようになる。嫌なことがあるとマークが点灯し「消えたい」という願いがわかるのだ。過去にその能力のせいで友人に拒絶され、他人と関わることが億劫になっていた絃。そんなある時、マークが全く見えないクラスメイト・佳乃に出会う。常にポジティブな佳乃をはじめは疑っていたけれど、一緒に過ごすうち、絃は人と向き合うことに少しずつ前向きになっていく。しかし、彼女は実は悲しい秘密を抱えていて…。生きることにまっすぐなふたりが紡ぐ、感動の物語。

ISBN978-4-8137-1588-7／定価737円（本体670円+税10%）

『余命半年の君に僕ができること』　日野祐希《ひのゆうき》・著

絵本作家になる夢を諦め、代り映えのない日々を送る友翔の学校に、転校生の七海がやってきた。七海は絵本作家である友翔の祖父の大ファンで、いつか自分でも絵本を書きたいと考えていた。そんな時、友翔が過去に絵本を書いていたこと知った七海に絵本作りに誘われる。初めは断る友翔だったが、一生懸命に夢を追う七海の姿に惹かれていく。しかし、七海の余命が半年だと知った友翔は「七海との夢を絶対に諦めない」と決意して――。夢を諦めた友翔と夢を追う七海。同じ夢をもった正反対なふたりの恋物語。

ISBN978-4-8137-1587-0／定価715円（本体650円+税10%）

『鬼の花嫁　新婚編四～もうひとりの鬼～』　クレハ・著

あやかしの本能を失った玲夜だったが、柚子への溺愛っぷりは一向に衰える気配がない。しかしそんなある日、柚子は友人・芽衣から玲夜の浮気現場を目撃したと伝えられる。驚き慌てる柚子だったが、その証拠写真に写っていたのは玲夜にそっくりな別の鬼のあやかしだった。その男はある理由から鬼龍院への復讐を誓っていて…⁉花嫁である柚子を攫おうと襲い迫るが、玲夜は「柚子は俺のものだ。この先も一生な」と柚子を守り…。あやかしと人間の和風恋愛ファンタジー第四弾‼

ISBN978-4-8137-1589-4／定価671円（本体610円+税10%）

『冷血な鬼の皇帝の偽り寵愛妃』　望月《もちづき》くらげ・著

鬼の一族が統べる国。紅白雪は双子の妹として生まれたが、占い師に凶兆と告げられ虐げられていた。そんな時、唯一の味方だった姉が後宮で不自然な死を遂げたことを知る。悲しみに暮れる白雪だったが、怪しげな男に姉は鬼の皇帝・胡星辰に殺されたと聞き…。冷血で残忍と噂のある星辰に恐れを抱きながらも、姉の仇討ちのために入宮する。ところが、恐ろしいはずの星辰は金色の美しい目をした皇帝で⁉ 復讐どころか、なぜか溺愛されてしまい――。「白雪、お前を愛している」後宮シンデレラストーリー。

ISBN978-4-8137-1590-0／定価671円（本体610円+税10%）

書店店頭にご希望の本がない場合は、書店にてご注文いただけます。